王鼎鈞

作品系列

左心房漩渦

目 录

大　序　1

第一部　大气游虹

明　灭　3

水　心　9

惊　生　15

如　果　21

两　猜　27

失　名　33

山　水　39

读　江　45

旧　曲　51

第二部　世事恍惚

　　黄河在咆哮　*59*

　　春雨·春雷　*65*

　　写下格言的汉子　*73*

　　眼科诊所和眼睛　*85*

　　最后一首诗　*91*

　　梦，哪一个是真的　*107*

第三部　江流石转

　　中国在我墙上　*115*

　　红石榴　*121*

　　你不能只用一个比喻　*127*

　　勿将眼泪滴入牛奶　*133*

　　分　*137*

　　我的一九四五呢　*143*

　　人，不能真正逃出故乡　*149*

　　给我更多的人看　*155*

　　我们的功课是化学　*161*

第四部　万木有声

年　关　171

园　艺　177

夜　行　183

看　大　189

看　苗　195

脚　印　201

言　志　207

对　联　213

天　堂　219

小　结　225

附　录

不愧是一位散文家　子　敏　233

磨剑石上画兰花　赵卫民　237

《左心房漩涡》读后　袁慕直　243

大 序

王鼎钧

　　海中的礁石本是一块形状寻常的巨石，只因海水不断摩擦它，淘洗它……

　　石头。坚硬的石头。庞大的石头。像海浪的轴。

　　巨石全身各处的硬度并不完全相同，那组织比较松软的地方，禁不住海水千秋万世的冲激，一粒一粒的流失，一小块一小块的消瘦，甚至一长条一长条的让路，让海水穿过它的肌肉。于是巨石缩小，出现麻窝，孔窍，云一样的崎岖。

　　所以礁石有独特的美丽的形象。

　　海水对礁石无爱无憎，只是自然如此，必然如此。

　　一尊礁石就是一部文学史。

* * *

对于礁石,海水是雕刻家。

长于雕刻的,不只是海水。例如罗丹,他手握斧凿,凝视一块大理石,心中有一个形象。

虽然整块大理石光洁无瑕,但是在雕刻家的斧凿下总要一块一块除去,一处一处穿透,一层一层揭掉。他的工作有时像解剖一样谨慎,有时像毁坏一样狠辣。

他在大理石上刻出烟来,从烟里造出神来。

如此,雕刻家心中的形象借着大理石呈现了,凝固了,永恒了。雕刻家之于石头无恩无怨,只是自然如此,必须如此。

这是另一部文学史。

* * *

文章是有病呻吟。无病呻吟不可,有病呻吟则是一种自然和必须。

可是谁愿意听呻吟呢,除了医生,谁会对病人的呻吟有兴趣呢。

所以，最好把呻吟化成一支歌。

歌声究竟能化除多少成见呢，犹太教的祭司有几人喜爱韩德尔的弥赛亚呢，清室的帝王有几人喜爱八大的山水呢，辽金的后裔有几人能欣赏辛稼轩呢。

据说，西施生病的时候，卧室四周的墙外都贴满了耳朵，多少人要听她的呻吟，连一向嫉妒她的那个东施也跑来谛听。

所以，只要是西施，呻吟也无妨。

这也是一种文学史，至少是一种文学观。

* * *

某一个教派的传道人对我说，没有天堂，没有地狱，只有人间；没有灵魂，没有复活，只有今生。我听了大吃一惊，这样的主张公然违反基督教的基本信仰，如何还有基督徒闻风景从？现在，我可以回答自己，必定有些基督徒认为天堂地狱多此一举，必定有人认为前生来世徒乱人意，必定有很多很多人希望逝者与他分离来者与他无干，这些人都相信生命应该像一条河……

一次，只有一次。你不能两次插足于同一河水之中。

河水从不两次拍打同一处涯岸,从不两次穿过同一条鱼鳃,从不两次灌溉同一株芦苇。

一次,只有一次,即使是灾难,也不能重新经验一次。

如果觉得一生不够,惟一的办法是观察别人的生活。没有前生,没有来生,但是有"兼生",让别人同时为他活、替他活。

所以,人们何妨容忍,赞成,甚或鼓励别人敞开生命。这也是一种文学观。

* * *

面对海水,礁石知道谦卑。

面对雕刻家,大理石知道谦卑。

面对听众,歌者知道谦卑。

甚至,当海潮澎湃而来时,有些礁石赶快把自己化成了液体。当雕刻家手握斧凿走近时,有些大理石马上碎成一堆石子。当顾曲者络绎入座时,有的歌手从此哑了。

作品因灵感而受孕,借写作而诞生,赖批评家和读者为之哺育,或长成巨人或长成侏儒,将来或老死或仙去。倘若无人哺育,它会因冻饿而夭折。

有些作品畏惧遭人遗弃,索性不生出来。

文章的命运并不等于作者的命运。文章自己有命。

* * *

生育是不能完全控制的。创作也是。

礁石,谦卑吧,可是不能在海潮中化为液体,要是那样,你未免太矫揉造作了。

大理石,谦卑吧,可是不要在雕刻家面前碎成一堆石子,那样太没有礼貌了。

歌手上台宣称他突然变哑,未免近乎诈欺。

好吧,就做一块顽石吧,承受海水,承受斧凿。

还有比石头更谦卑的吗,即使是岩石,也比一个皮球要谦逊得多。

所有的文章都是顽石,也只能是顽石,在海潮和斧凿未曾加工之前显不出价值来。

但是加工也使一批一批文章速朽。这就是文章的命。

第一部 大气游虹

明灭

忽然接到你的信,忽然看到你的名字,看到你的笔迹,我的眼睛忽然盲了。

闭上眼睛,用泪把眼球灌溉了,洗涤了,再细看你的签名,笔画是遒劲了,结体是庄严了,点撇钩捺间有你三十九年来的风霜,但是并未完全褪尽当年的秀婉。

就在这一明灭之间,我那切断了的生命立时接合起来,我毕竟也有个人的历史、自己的过去。

据说我今年六十岁,可是,我常常觉得我只有三十九岁,两世为人,三十九年以前的种种好像是我的前生。而前生是一块擦得干干净净的黑板,三十九年,这块黑板挂在那里等着再被涂抹。

三十九年以来，我最大的难题是，怎么才真正像一块黑板那样忘情而无怨呢？怎样看着粉笔化成飞灰而安之若素呢？我的天，我几乎做到了，我把三十九年以前的种种知觉装进瓶子，密封了，丢进苍茫的大海深处，那正确的地点，即使是我自己，也无法再指给人家看。

就这样，往事逐渐模糊了，遗忘了，是真正遗忘，忘了我是谁，《不要问我从哪里来》，这首歌就是证人。

有时候，月白风清，人影在地，想想这样的大空大破，不是也难能可贵吗？这样的无沾无碍，有几人能够做到呢？

可是又常常做些奇怪的梦。有一次，梦见自己犯了死罪，在浓雾里一脚高一脚低来到刑场，刀光一闪，刽子手把我斩成两段，上身伏在地上，也顾不得下身怎样了，只是忙着用手指蘸着自己的血在地上写字，这时凉风四起，天边隐隐有雷声，倒不觉得怎么痛楚，只担心天要下雨，雨水会把我写的血字冲掉。

有一次去逛百货公司，那花了大堆银子精心装潢过的大楼，挑逗着人的各种欲望，也是红尘的一桩过眼繁华。在出售男子西裤的那个部门站着一排模特儿，横膈膜以上的部分踪影不见,老板只需要它们穿上笔挺的裤子扎上柔软的皮带就够了,再多一寸无非是分散顾客的注意力。

我站在那里看了许久,倒不是注意西裤,心里想,这种盛装肃立等人观看任人议论的日子怪熟悉的。夜里又做梦,梦见公路两旁的尤加利树全换了,换成穿西裤的半体,横膈膜平坦光滑,可以当高脚凳子使用。我在这长长的仪仗队前跑了一段路,蓦地发觉我正用下半身追赶上半身。

真奇怪,上半身没有腿,居然会跑,下半身没有嘴,居然能喊。

我一路呼叫:喂,喂,你就是我,我就是你,我们为什么要分开呢?

喂,喂,我们的血管连着血管,神经连着神经,为什么不能合而为一呢?

乍醒时,我能听见满屋子都是这种呼叫的回声。然后,想起西裤店的模特儿只要腰和腿,首饰店的模特儿只要指和腕,眼镜店的模特儿只要一颗头颅。

多么困难啊,我仍然不能忘记我的完整。

如今,看到信,看到从失去的地平线下冉冉上升的你,刹那间,断绝的又连接了,游离的又稳定了,模糊的又清晰了。你的信是我的还魂草。

你一伸手,就打开了海底下的那只瓶子,释放了幽囚多年的灵魂。

我的生命史页,像沾了胶水、揉成纸团的史页,你一伸手就一页一页的揭开。

你把我失落了的二十一年又送回来,我不仅仅三十九岁,三十九年以前我早已活过、梦过、也死过、醒过。

我曾经像蚌一样被人掰开,幸而有你,替我及时藏起蚌肉里的明珠。现在,我觉得你还珠来了,我又成为一个怀珠的蚌。

正是种花的季节,为了你的第一封信,我要种一些凤仙。故乡的种子,异乡的土壤。看着它发芽吐蕾,用异乡的眼,故乡的心。

翻开土,把双手插进土里,医治我的痒。

从土里翻出两条蚯蚓来。不,不对,是我把一条蚯蚓切成了两半。那小小的爬虫并不逃走,一面回过头来看它的另一半,一面扭身翻滚。

我是无心的,我往那受伤的蚯蚓身上浇水。我是无心的,可是大错已经铸成了,我只能双手捧起它,把它放在阴凉的地方，用潮湿的土为它包扎。我是无心的，也许造物之于我们，切断我们的生命，也是出于无心。在造物者眼中，我们不过是一条条蚯蚓。

我默祝当凤仙花开的时候，蚯蚓已经用它再生的力量长成完整，或者造物者也在这样期待我们。

你的第一封信很短，我的这一封信也不给你太多的负担。但是，以后，尽管你写给我的信如一池春水，我要把大江流给你看。时代把我折叠了很久，我挣扎着打开，让你读我。

大江流日夜，往事总是在夜间归宁。我们老年的夜被各种灯火弄得千疮百孔，不像童年的夜那样浑成。我相信古夜的星光一直在寻找我们。我们天各一方，我在西半球看到的星星和你在东半球看到的星星并不全同。我们都可以看见北斗。等北斗把盛满了的东西倒出来，我就乘机放进去我的故事，在那里等你的眼神。

我希望，我也能读你，仔细读你。

水 心

你为什么说，人是一个月亮，每天尽心竭力想画成一个圆，无奈天不由人，立即又缺了一个边儿？

你能说出这句话来，除了智慧，必定还得加上了不起的沧桑阅历。我敢预料这句话将要流传下去，成为格言。

多年以来，我完全不知道你经历了一些什么样的情况，从你这句话里，我有一些感触和领悟。我从水成岩的皱折里想见千百年惊涛拍岸。

哦，皱折，年轮；年轮，画不圆的圈圈；带缺的圆，月亮；月亮，磨损了的古币；古币，模糊而又沉重的往事。三十九年往事知多少，有多少是可与人言的呢，中天明月，万古千秋，被流星陨石撞出多少伤痕，人们还不是只看见她的从容光洁？我们只有默诵自己用血写成的经文，天知地知，不求任何人的了解。

你提起故乡。你问我归期。这个问题教我怎样答复你呢？你怎能了解我念的经文呢。没有故乡，哪有归期，三十九年来故乡只在柳条细柳条长的歌词里。记否八年抗战，我们在祖国大地上流亡，一路唱"哪里有我们的家乡"，唱"我们再也无处流浪也无处逃亡"，唱得浪浪漫漫雄雄壮壮，竟唱出源源不竭的勇气来。那时候，我们都知道，祖国的幅员和青天同其辽阔，我们的草鞋势不能踏遍，我们也知道，青山老屋高堂白发也都在那儿等待游子。但是而今，我这样的人竟是真的没有家乡也没有流浪的余地了，旧曲重听，竟是只有悲伤，不免恐惧！

你说还乡，是的，还乡，为了努力画成一个圆。还乡，我在梦中做过一千次，我在金黄色的麦浪上滑行而归，不折断一根芒尖。月光下，危楼蹒跚起步迎我，一路上洒着碎砖。柳林全飘着黑亮的细丝，有似秀发……

但是，后来，做梦回家，梦中竟找不到回家的巷路，一进城门就陷入迷宫，任你流泪流汗也不能脱身。梦醒了，仔细想想，也果然紊乱了巷弄。我知道我离家太久了、太久了。

不要瞒我,我知道,我早已知道,故乡已没有一间老屋(可是为什么?)没有一棵老树(为什么?)没有一座老坟(为什么?)老成凋谢,访旧为鬼。如环如带的城墙,容得下一群孩子在上面追逐玩耍的,也早已夷为平地。光天化日,那是一个完全陌生的村庄,是我从未见过的地方。故乡只在传说里,只在心上纸上。故乡要你离它越远它才越真实,你闭目不看才最清楚。……光天化日,只要我走近它,睁开眼,轰的一声,我的故乡就粉碎了,那称为记忆的底片,就曝光成为白版,麻醉消退,新的痛楚占领神经,那时,我才是真的成为没有故乡的人了。

"还乡"对我能有什么意义呢?……对我来说,那还不是由这一个异乡到另一个异乡?还不是由一个业已被人接受的异乡到一个不熟悉不适应的异乡?我离乡已经四十四年,世上有什么东西、在你放弃了它失落了它四十四年之后、还能真正再属于你?回去,还不是一个仓皇失措张口结舌的异乡人?

昨夜,我唤着故乡的名字,像呼唤一个失踪的孩子:你在哪里?故乡啊,使我刻骨铭心的故乡,使我捶胸顿足的故乡啊！故乡，我要跪下去亲吻的圣地，我用大半生想像和乡愁装饰过雕琢过的艺术品，你是我对大地的初恋，注定了终生要为你魂牵梦绕，但是不能希望再有结局。

我已经为了身在异乡、思念故乡而饱受责难，不能为了回到故乡、怀念异乡再受责难。

那夜，我反复诵念多年前读过的两句诗：月魄在天终不死，涧溪赴海料无还！好沉重的诗句，我费尽全身力气才把它字字读完，只要读过一遍，就是用尽我毕生的岁月，也不能把它忘记。

中秋之夜，我们一群中国人聚集了，看美国月亮，谈自己的老家。这些人的悲哀是有三个国、却没有一个家，这些人只有居所，只有通信地址！举座愀然，猛灌茅台。

月色如水，再默念几遍"月魄在天终不死，涧溪赴海料无还"，任月光伐毛洗髓，想我那喜欢在新铺的水泥地上踩一个脚印的少年，我那决心把一棵树修剪成某种姿容的青年，我那坐在教堂里构思无神论讲义的中年，以及坐待后院长满野草的老年。

想我看过的瀑布河源。想那山势无情，流水无主，推着挤着践踏着急忙行去，那进了河流的，就是河水了,那进了湖泊的,就是湖水了,那进了大江的,就是江水了,那蒸发成汽的,就是雨水露水了。我只是天地间的一瓢水!

我是异乡养大的孤儿,我怀念故乡,但是感激我居过住过的每一个地方。啊,故乡,故乡是什么,所有的故乡都从异乡演变而来,故乡是祖先流浪的最后一站!涧溪赴海料无还!可是月魄在天终不死,如果我们能在异乡创造价值,则形灭神存,功不唐捐,故乡有一天也会分享的吧。

啊,故乡!

惊生

自从能够和你通信以后,我走坐不安,切断了的生命不是一下子可以接合起来的,外科医生接合一个切断了的手指还得几个小时的手术外加几个月的疗养呢。你的第三封信是对我的继续治疗。

自我们音讯断绝以后,谁都知道中国发生了一些什么样的事,你我道路不同,艰难并无二致。我是血火流光下的幸存者,冰封雪埋的幸还者,死症流行时居然有免疫的能力,重典大狱后侥幸得到释放的机会,跌跌撞撞,不知怎么自己也有了暮年。我一向很少揽镜自照,现在住的房子里,前任房主在楼下客室的墙上装了一面很大的镜子,把一面墙几乎占满了,于是我每天早晨由楼上的卧室里走下来，第一个相遇的就是镜中的自己。有时候我会对着镜子悚然震惊：你怎么还活着呢？你怎么能活到今天呢？

你呢，即使在那些绝望的日子里，我也常常想起你来，小河边，柳条怎样拂着你的头发，游鱼怎样吮吸你的脸颊。我入梦最多的情景，就是你在黑沉沉的大书房里，坐在黑沉沉的檀木椅子上，全身明亮，捧着一卷冰心。

醒和梦是两个故事，我知道流年偷换了多少，世上又经过几番风雨。早晨打开报纸，上头登载的照片也许是妇女儿童都望着远处的红旗拼命填土修路，我这一整天都会猜想你是超越了指标受到表扬呢，还是远远落后俯首认罪？

在那"三年灾害"的日子里，常有饥民流亡的消息，那时我不断的猜想：你呢，你在哪里？你是一个施者还是一个受者呢？

然后是"十年浩劫"，全世界的中国人都为此做着连夜的噩梦，我有时梦见你颈上挂着个大木牌，弯着腰，低声下气站在台上，有时梦见你站在台下，扬着红领巾、红袖章，激昂得红了脸，喊声震天。你究竟站在哪里？

那些年，饿死了多少人，冤死了多少人，都有专家发表的数字。后来看谌容写的《人到中年》，又想到有多少人鞠躬尽瘁累死了。在那样的年代里，谁还能指望谁长命百岁呢？所以，当我忽然接到了你的第一封信时，我的第一个念头竟然也是：你还活着！你也活到了今天！

你还记得译名为《虎魄》的那部小说吧，开卷第一句写的是，"在乱世，人活着就是成就。"

今天，我们通信，就是我把自己的成就奉献到你的面前，同时也来欣赏你的成就。

说真的，当年跟我同村长大的孩子，而今还有几人呢，跟我同窗读书的少年，而今还有几人呢；跟我一同冒险犯难的青年，而今还有几人呢。他们多半除了音讯杳然，就是连串的噩耗。中国的人口虽然从四亿五千万增加到十亿，新生代相逢总是陌路，那些构成我的历史酿造我的情感的人却是凋零了。

这就是我对我的幸存，十分感伤。

这就是我对你的健在，无限兴奋。

读你的信，看出你在历尽劫波之后仍有自信，你仍然说，做人应该"忘记背后，努力面前。"忘记背后，努力面前!三十九年的大破大立之后,你的心里还未忘记耶稣的格言!

有些事情你可能已经忘记。当年我怀着幻想和挫折,在教堂里和你隔座相望,你打开《新约》,用红铅笔圈出这八个字递给我,我忍住泪水的眼圈和你的红笔同样鲜明也同样朦胧。红眼圈一样的圈圈,堤防一样的眼圈,长城一样的堤防,伤痕一样的长城,而蚯蚓一样的伤痕。

忘记背后,努力面前。多谢你的良言美意。不幸的是,在过去三十九年之中,我做成了一个以返身观照为专业的人。世上岂有不回忆的作家?

我也有过不愿回忆不敢回忆茫茫然无从回忆的日子,在那些岁月里,我写作时的艰难与自卑啊。而今世事如云换过,我担忧我回忆的能力在长久的禁锢中萎靡了干枯了,而你以一滴水使它复活。这时,回忆,述说自己的回忆,是多么快乐的一件事啊!

我想,不能仅仅说,人活着就是成就。应该进一步说,人活着,并且能自由述说自己的回忆,能忠于自己的记忆,才是成就。

忘记背后,努力面前。在漂泊者出发之前,这八字箴言是你亲手装配的一副行囊。它是我的重担,也是我的倚仗。

不需要查看地图,你也能知道我走得多长、多远。你也能猜想,我也有我的灾害和浩劫。我想,幸而我深藏着我的回忆,我的心如同一张底片,既已感光,别的物象就再也难以侵入。对一切的煽动、诱惑、侵蚀,我都不能产生他们需要的反应。什么图腾、符咒、法器,都未曾触及我的灵魂。在我的方寸之间,再也没有余地可以安放别的神龛。

回忆如水,为我施行浸礼。

回忆如火,给我反复的锻炼。

人海的浪有时比山还高,而回忆是载着我的一苇不沉的小舟。

对我而言,没有背后,就没有面前。我面对着一面巨大的镜子,我的面前是背后的返照。

我永远不能走进镜中,我也宁愿置身镜外。我是用文字作画的人。

这些年来,我每画一笔,都跟我回忆中的你商量过。我不知道你也能忠于你的回忆、自由述说你的回忆吗?

如果

每一盘棋下完了之后都有许多"如果":如果我当时不跳马;——如果他跟我拼了车;——如果我吃掉他的士;——如果你们看棋的人少插嘴……

如今,你说,如果当初我不南行,和你一同北走——我读了这句话且啼且笑:世事真如棋耳。

当初,那时,几千人露宿月台等火车,由动脉到静脉流着希望和绝望,像等一桩命中注定的姻缘。当时,的确有人,在低头沉默了许久许久之后,蓦然站起,拾起他的行囊,离开"北上"的月台,大跑小跑的走过天桥,到"南下"的月台,挤进人丛、找一个立足之地,这是黄昏时的事。可是破晓时分,他又扛着行李,蹒跚的跨过铁轨,一脸坚毅，坐回原处。

一天，两天；一夜，两夜。等得越久，火车越像是下一分钟就吁气而至，于是这位难友就越忙碌，气喘咻咻的搬过去，再搬过来；搬过来，再搬过去，在那人人畏缩萧瑟的天气，他竟是满头大汗。

到底那人，他内心反复不停的表决是何时终止的呢？他在两难之间所作的最后抉择会带给他什么样的命运呢？老实说，火车一到，就没人关心他了。但此刻，读你的"如果"，我忽然想起他，挂念他。

那时，我们都在那个站上等车，你要北上，我要南下。我们等了两天两夜，隔着两个月台之间的铁轨相望，隔着早晨的雾气和夜晚的星光相望，隔着重重的人影和冷冷的雨丝相望。我们都紧张的等着捕捉那万分之一的机会登上火车。那隔在中间的铁轨不久就要变成百丈铁墙。你有你的轭，我有我的轭，而一辆车在墙里，一辆在墙外。我们得分别寻找自己的车，再无犹疑。

那一次长别是你先上车。车进月台，我就看不见你了。列车出站，留下一片空白的月台，我没有哭。我真的没哭,我庆幸你挤进车厢。我从你的勇敢学到了勇敢,由你的责任想我的责任。忘记背后,努力面前,面前是新绸一样的黄河,不到黄河心不死,我把你绣在绸上。前面是六朝金粉的遗迹,我把你放在古寺的观音座上。前面是水天连接的黄海,我把你送进海上仙山的仙子群中。前面冰封雪飘,马后桃花马前雪,我把你留在长城里面的风景里。我曾是丧家之犬,慌忙夺路,连我自己的历史都没带出来。有一夜,我的心肌发生密密麻麻的爆炸,可是我没有病。不是病,是你,你的脚步,你的呼吸。我到底还是把你带来了,心电图画不出来,X光照不出来,只有我知道你在。那夜,在棕榈树下,我想,我兴奋的想,今后我将永无宁日了!

我却从未想过"如果"——

即使"如果",又如何呢?在那"史无前例"的年代,我们如何逃于天地之间呢?如果我贴了你的大字报呢?如果你把我的信托我的倾诉都写成"材料"呢?如果我成了你的隐疾、你成了我的罪愆呢?如果我们必须互相残杀以供高踞看台上的人欣赏呢?如果"在榆树下,你出卖了我、我出卖了你"呢?

如果百年后的人读到这番话，也许不知道里面究竟说些什么，可是今天的人知道。如果人人弃仁绝义，我们何福何慧、可以如终如始？如果事事腐心蚀骨，我们何德何能、可以不残不毁？

容我指述，心灵的巨创深痛，多半是由近在肘腋的人造成。而别离足以美化人生。当年我们背道而驰，也许是上帝的恩典吧，正因为再也不能相见，我才一寸一缕把你金妆银裹了，我才一点一滴把你浸在柔情蜜意里，我才累积思念和崇拜为你建造了座基。"人自别来尤觉好"，该隐和他弟弟，如果中间隔着一条海峡或是一座火焰山，他也许能留下"鹡鸰"那样的诗篇，不幸他们必须在一块田地上耕种。

我也不愿意说"如果你南下而不北上。"我的字典里没有"如果"，只有"曾经"。我无意向你夸耀我是如何幸运，我听见的声音也并不全是摇篮曲和圣诞快乐。我有我自己个人的"浩劫"。《圣经》上记载的境界，"心思像孩子，意念像孩子，面貌像孩子"，我只有羡慕，或者怀疑。飞蛾虽有千眼，总是见光而不见火。今生如此，来生如此，只有"曾经"，没有"如果"。

如今该是深秋了吧,所有的"如果"化为萧萧落叶,所有的"曾经"都累累成实,而我们在园林漫步。

只要还有树,只要还有果树,秋景总是美好的吧。

两猜

你怎么忽然生那么大的气?你是勃然大怒了!

我道歉。我非常非常抱歉。虽然我完全没有料到你有这样的反应,我仍然觉得应该自责。你必有你该怒的理由。

昨天,我在后院里看贵处的风物志,风过处,一片树叶正好落在记述绿化造林的那一页。我马上把书本合起来,紧紧压住。我还没忘记我们小时候的迷信,如果树叶落在你的书页中间,你就会收到远方的来信。那时从邮差手里接到一封信是大事,不像今天,天天有成叠成捆的书刊、广告和账单。可是广告、账单又怎能算信呢,又怎能算信呢。你的怒,才算是信,你的骂,才算是信。

怒吧，带着你字里的英气。你在怒中格外真实，不再是绰约的影子，渺茫难稽的传说。你是常常有资格发怒的人吗？我不知道，如果你是，我尊敬你的习惯。或者，你是，长年压抑自己的情绪而没有出口的那种人？如果是，我尊重你的机会。

唉，我们是一边猜一边通信的人吗？我们是一边猜一边生活的人吗？你是怎样猜我？我又该怎样猜你？一个字能负载多少谜底？一页信笺又能负载多少字？如果有见面的一天，我得推着五车书前往，因为言外有意，意外有言，每一件事都得由形而上说到形而下，每一句话都得加注加疏，每一次谈话都得如同做学问，说完了现象说背景，说完了后果说前因，一如博士卖驴，书券三纸还不见一个驴字……

事到临头，推己及人，这才想起，纽约是今天中国人的鹊桥。可是，我见过，那天天跟牛谈心的他，来到桥上却对她说："怎么了？怎么了？你想到哪里去了？你的心眼儿忒多！"那个能够从织布机声里听出多少款曲来的她，却在桥上对他说："你的话我怎么听不懂，你说话怎么那么奇怪！"四十年相思，情意浓如岩浆，幸而相逢，才发现早已凝成各自的形状。签证苦短,他们如何能打烂自己,搅拌均匀,再塑一个你捏一个我?这和电影上表演的、小说中描写的是多么不同、多么不同啊!

人间的牛女易老多愁,他们一登上直飞纽约的班机就哭了。可是走出机场,再世重逢,他们立刻还原为十几岁的宝玉黛玉,情意靠争吵来沟通,和平靠缄默来维持。居停主人在家时,他俩关在自己的卧房里,一个默默的抽烟,终于抽遍了各种牌子的香烟;一个默默的看完了金庸的十几部武侠小说。他俩只有在东道主全家外出时才敢交谈,因为所谓交谈无非是夹缠不清的激辩和治丝益棼的解释。他们没有共同语言。

记否当年,我们都是流亡学生,我们的一个同学向附近民家借碗使用,他失手打破了碗,就特地买了一只新碗来归还。谁知碗主人拉长了脸,一言不发,把那只碗摔在地上,碎成片片,并且立即关门拒客。这件事让那位同学难过了好几天。许久以后,我才知道,那碗主人也难过——甚至可以说是恐惧——了好久,当地人认为你拿一只新碗进门乃是凶兆,唯一的禳解之道就是摔碗闭门。送碗是一番好心,摔碗也没有恶意,可是教人如何能解呢?

现在，是你，摔了我送上的碗吗？

十里不同风，百里不同俗，这千里万里，风俗改变了多少呢？东集有东集的秤，西集有西集的斗，这南集北集又用甚样的度量衡呢？张三的蹄膀，李四的砒霜，那砒霜究竟治了多少病人，蹄膀究竟添了多少病症呢，谜太多，我简直难猜。小时候，你喜爱弹琴，有一次听你弹奏，琴音震动那插在瓶中的月季，"瓶花力尽无风坠"，键上如果飞出重音，花瓣就落下一片。既不希望琴歇，又不愿意花谢，小小的我升起一阵小小的焦急。咳，琴又何能久、花又何能永呢。

我当过兵。当了兵，总会轮到你放哨，哨兵的基本假设是，你遇见的每一个人都是坏人，你得监视他，提防他，读秒竞赛谁的子弹先出膛，谁的刺刀先进膛，你不能站在他的射程之内，也不能让他在你的射程之外逗留。当初薪火相传，我听了这话露齿一笑，那执火炬的大巴掌立即给了我一个耳光。又谁知后来在社会边缘行走，生张熟魏，碰来碰去怎么撞见那么多哨兵，等到看清他们的准星尖，一切已迟，思前想后，当年操场上的那一巴掌白挨了。你当我也是一个哨兵吗？我不是，我不是，不是不是不是。你呢,你是吗?你是吗?

巴掌的滋味忘了,夜哨的滋味仍在。直到现在,我眼中的夜色比你眼中的夜色黑沉,我在夜间看人的眼白比你看人的眼白清楚。时至今日,有些人在我的档案里只剩下眼白了。可是你,在我成为哨兵之前,我们就失散了,你的眼白呢?我得翻箱倒柜仔细找。

失名

中国地大,地名真多,当年考地理的时候想过,老祖宗干嘛要留下这么大一片疆土,弄得我们怎么也考不到九十分?

可是还有外国地理,那些地名更是难念难记,于是又埋怨老祖宗,如果当初把那些地方都收入中国版图,地理名词都像华山呀庐山呀也多少有个谱。

这就叫年轻。

既然地方那么大,对自己到过的地方总是很珍惜,也曾经准备了一本日记,路上留下所见所感,每逢经过大镇小城,不管早已多饿多累,总要找到邮局,请他们在日记本上盖个戳,日期,地名,上头全有了。一文钱没花,这纪念品可是无价啊。

这也是年轻。

日记本早已毁于战火，记忆已逐渐模糊。想想我经过的那些地方，大半是铁路不到、公路没修、地图不载、经传不见，那地方只对当地居住的人有意义，他们不求人知，人亦不知，我这匆匆过客，倒是有些多事了。

可是，有些不知名字的地方，有些忘了名字的地方，对我有特别的意义。地名可以忘记，地方不会忘记；地方可以忘记，事件不会忘记。在那个忘了名字的村庄上，我们见过一面，你想我会忘记吗？

我永不忘记你，火车汽车，大路小径，来看我用豪言壮语换得一身褴褛。你的泪珠在我内心轻轻爆炸。在这难问生死的四十多年当中，它像新年的鞭炮，国庆的焰火，周而复始，连绵不绝。

我永不忘记，也永不提起。"不如意事常八九，可与人言无二三"，如意的事岂不更是如此？教我对谁说呢，教我在什么时候什么地方说呢，四十年后，即使对你，我也觉得世事茫茫，无从启齿。

你以为我会忘记，你问我，记否那是哪一年，我说，时在天宝年间。你问我,记否那是什么地方,我说,那是虢国夫人返里省亲的古道之旁。我记得,那个村子不大,整个村子里没有一棵花。一个十分干燥的村子,没有花,却有随风卷来彷徨迷失的蝴蝶。就在这样的季节里你翩然而至,事先没有消息,也许你写过信,我看不到。我接待你如捧一掬明珠,怕人看见,又实在无处收藏。在我眼中你是一团光,光里有声,声里有泪,泪里有叮咛。直到今日,那光仍在,那声仍在,那泪仍在,叮咛仍在。

那夜,我在营外通宵守卫,忘了交班。那夜繁星满天,星低得挂在家家檐角窗口,在这个一向没有花的村子里,树梢的星星就是花了。我难道患了瞳孔放大症吗?每一颗星都特别大,沉重得天上挂不牢,星光照着你的来时路,寻找你,整个原野星光所被之处有你无数的身影。 这是多么重要的一个地方!可是我忘了它的名字。

是巧合吗?你走后,我们也像脱掉破衣一样离开那地方,沿着虢国夫人入京的路,折向秦皇东征掠取之地,穿越武王伐殷血流漂杵的战场,直奔楚汉决战的平原。一路村落行尽,不知名称。我已从一时的流亡延长为终身的流浪,有了你的眼泪,我可以做个及格的流浪汉了吧，你以泪为标点，点断了我的混沌，靠着你的灌溉，我长成一棵会思想的芦苇。

在那次有组织的流浪中，我又仔细的、热烈的、忧伤的看了我们的国家。国家是永不闭幕的展览，给爱它的人看，给弃它的人看，给损毁它的人看。那次远行长征的最高潮是我们踏上了一望无垠的黄土，瀚海一样的黄土，能悄悄的脱掉我们的鞋子、顽童一样的黄土，黄土飞扬，雾一样淹没远山近处，云一样遮蔽天空。浑浊变午为夜，过往的汽车都开亮前灯，摇曳着一团黑影，两点晕黄。土在我们的发根耕种，土在我们的裤腰里筑城，在我们的耳蜗里口袋里枪管里捉迷藏，油漆毛细孔，给五官改妆。我们是在土里梦游，那是一次土遁。

那一次，我算是体认了土的亲切，土的伟大，土的华丽。同伴相看，皆成土偶。我对自己说，不但人是尘土造的，国家也是。在那复归于尘土的日子，我和土争辩，土，埋葬过多少忠骨丹心的土，埋葬了多少春闺梦里人的土，你还不可以埋葬我，我还要看你，赞美你，在你上面滴许多血汗和踏无数脚印。我还想堆你成山，塑你成像，烧你成器。我还想化合你成金，分解你成空，朦胧你成诗。

结束那一场尘缘的,是倾盆大雨。天还是在我们头上,但不知从天的哪一边射出长电,刹那间,所有的尘粒都闪出反光,紧接着,一声霹雳,宇宙响起闭幕的锣,万丈浮尘缓缓下降,下降,降下来层层水帘水墙。轻雷来敲我的囟门,刹那间全身湿透,泥浆竟想脱我的裤子。"向后传,卷起裤管","向后传,卷起裤管",如果我还能看见后面有人。闪电一遍一遍清查我们的人数,寻我们灵魂里的瑕疵。后来,我不知怎么进了一片树林。

一片树林,我们钻进,全身卸装,在无数细小的瀑布里浣洗了,再剔指甲。那一刻是我们的世纪末,我们纵情享受雨水,全不管一分钟后的雷击和明天的肺炎。我想我洗得几乎也化身为水。洗礼也许是有些道理的吧,我想,许多许多的过去,都留在那黄土里头了,我不带走一粒尘埃。我不知道那地方叫什么名字,只记得那是中国。这以后,以后的以后,以后的以后还有以后,中国的事情人人知道,你的事情我不知道,我的事情你不知道。旧梦如谎,旧情如蛰,沧海桑田,旧事出土,只是蛰埋,并未死亡,只是出土,并未复活。

不要以为我会忘记什么,即使是夜哨望着黑暗的角落想像出来的白眼球也栩栩至今。异域踢踏,我得仍然把从前放在原处。中国是一切海外逐客的博物馆。

山水

你从庐山寄来的信收到了,多谢你面对美景分给我一些石皴松翠。你为看庐山,不辞遥远,想是健康良好,经济条件也不错,而且庐山上的迎宾之所并非有钱就可住得,你的社会关系大约也是跟寻常百姓不同的了?杞人忧天,我是到此可以告一段落了罢。

若干年前,我们锦绣河山的彩色照片风行一时,大大小小我收到很多,可以说五岳俱全,三江皆备,庐山的横岭侧峰,更是不一而足。乍见初逢,喜多于愁,看久了,就觉得画面上缺少一点什么。你道为何?那些画面全是空镜静景,没有一个游人!松盖之下,泉流之旁,危径之上,翼亭之内,不该有些赵钱孙李,男女老幼吗?没有!

然而没有!

我不是餐菊的隐士、吐霞的诗人,我对人文的兴趣大过自然。还记得当年在华山旁边经过,最深刻的印象不是天外三峰,仙人一掌,而是在那高傲的公路下面卑微的便道上,一辆一辆独轮车,上面放着一袋一袋粮食,由一个一个农夫推着,到什么地方去缴纳。这一列车队好长,恐怕公路有多长它就有多长吧?推车的人,赤着上身,猫腰虎步,脊椎隆起抖动,如锁身的铁链,车队有多长,这条锁链也有多长。这种独轮车的车轴在转动的时候会发出急迫的响声,路远载重,它的响声激昂,把整个车队响成无数悲嘶的蝉,这是我记忆里的华山。

你的信完全没有提到"人",我对"人"的兴趣与日俱增,"人"的差异与雷同,"人"的适应与反抗,"人"的外貌与内心。我这样的态度也许未免辜负河岳,倘若不问苍生问西湖,岂不更失之偏执?人心不足,你虽说信已写得太长,我犹以为太短。

你对社会现象的关心,原不后人。当年烽火遍野,流离道途,为了在困境中振作起来,老师教我们各言尔志,那个场面,现在回想起来十分感人。有一个女同学,她叫什么名字来?她和一个男生沿途互相扶持,有一夜投宿荒村,男同学突发高烧,寻水不得,记起村前有一条细流。就着月光看去,那水十分清甜,就急忙舀起来喝了,他喝完了水,就在溪边躺着,高烧不退,就挣扎着再喝。挨到日出,我的上帝!这才看见水中全是数不清解不开乱成一团的小虫子!日落之前,这位男同学就死了。我们一同埋葬他。我们一同劝那女同学节哀。我们一同听她痛哭,她把自己哭成情侣,哭成妻子,哭成母亲。各言尔志,我们听她哭着说,她要使全国各地、无论多么偏远、无论多么高亢的地区都有自来水。

那时我们入山唯恐不深,信比万金更贵重,走山路送信来的邮差,竟是个双目失明的女孩!她总是夜晚出现,仍然提着一盏灯,为的给狼看。我们在操场上一面乘凉,一面等待那萤火虫一般的灯,在黑尘朦朦中上下飘荡。

那两年,我们都怀疑是不是还有家,邮袋中总是找不到我们任何人的名字。那么,邮差为什么还要来呢,因为那里的邮局有一个习惯,把收信地址不全、收信人身份不明的邮件全送到军营。那些信,也确乎是母亲写给当兵吃粮的儿子,或是妻子寄给投笔从戎的丈夫,信在路上走了好几个月，侥幸逃过一波一波的遗失和损毁，可是她们的亲人早已不知道又像山洪一样倾泻到哪条江哪个湖里去了。当地代办邮政事务的人对这变幻无常的世事哪里管得，反正这里还有军队，还有数目超过当地人口的穿军服的外乡人。

就这样，无法投递的信件源源送到我们手中，拿到那些信，我们竟有同是天涯沦落人的亲切，竟觉得每一封信都和我们有关，每一封信我们都有权代拆、有义务回复。我们真的这样干了。教室里，桐油灯虽然昏黄，每个人的眼睛却异常明亮。

那些信啊，多少母亲求神问卜，多少妻子失眠消瘦的结果啊。信，多半是三家村塾师的代笔。字大墨浓，之乎者也，未读之前闻到扑鼻的墨臭。也有一些信由小学生用铅笔写在练习簿上，以大量的别字拼出当地的土语。有人从家鸡身上拔下一根明亮的羽毛来包在信里，预祝这信早日寄到，有些妻子把孩子的脚印用墨拓下来附在信里，让"他"看看孩子长大了多少。

那些信，几乎每一封都说家里生活得很好，其实看信就猜得出来，能好到哪里去呢。每一封信都叮嘱在外面的人爱惜身体，其实谁还顾得了这七尺之躯呢。"为什么不来信？是不是找不到代笔的人？"您要代笔的人吗？有啊，我就是。我们就把来信的信封翻转再造，从笔记本上撕纸，写一些话去满足那些依门依闾的眼睛，写到夜深人静，竟是边写边哭，不知道自己是谁。

那天各言尔志，你慷慨陈词，要使每一个家庭团聚，使每一个母亲知道他的儿子身在何方，使每一封信都能准确的安全的交在收信人的手里。我们热烈鼓掌，并且说，这也就是我们大家的志愿，你已代替大家发言。

那天发言的人总有十几位吧，早岁哪知世事艰，总以为每个人卑无高论，其志甚小，后来，现在，你该明白，难啊，即使是很低很低的理想，很小很小的主张，都谈何容易！三十多年以后，我在纽约替海峡两岸的人转信，那些信也是教我看了哭，哭了又看。江山依旧枕寒流，当初言志的少年，而今都还平安吗？

匡庐虽远，捷足可登，谢天谢地，你是"躲尽危机"了吧，这是陆游晚年的句子，下面紧接一句"销残壮志"。少年子弟，江湖渐老，胸中壮气还有多少，你可能替我一一遍问他们？

读江

我想起那条江。在中国的西北,那是一条大水,在历史上显赫过。

我独自一人穿过一个人口密集的城市,人多得可以排成墙,街道却是窄得出奇,那情景十分诡异。

城外码头,很宽的水面,很小的船,船夫是个中年的汉子,他说的话我只能听懂一半。船往水窄处走,不久,——也许很久,——两岸就是层层叠叠的水成岩,就是乱峰,就是飞鱼般的落叶。城中的拥挤燥热恍然是隔年的事了。

回想当年经过的山山水水,都成了濛濛烟雨中的影子,像米芾的画,唯有这条江一根线条也不失落。船是溯江而上,我坐在船头仔细读那条江。江上秋早,寒意扑人,江水比烈酒还清,水流很急,但水纹似动还静,江面像一张古代伟人的脸,我仔细看那张脸,看大脸后面排列的许多许多小脸,以他们生前成仁取义的步伐,向下游急忙奔去。

如果我横坐,江岸就是徐徐打开的手卷了。山高必定水窄,想是大禹王为了省些力气。这时,山就贴在我的脸上,竖在我的鼻子上,山上的树就生在我的头顶上,好像我的生活已经离开我,我已不属于这个世界。

有些石板屋以看台座位的模样,依地形排列在岸上,偶然露出晒衣的竹竿。看台上并没有观众,江岸上的人,石板屋里的人,——如果屋里有人的话,——对这条江,江上的船,船上的人,从不瞧上一眼。渔郎和浣女都是在工作的时候不轻易抬头的。这更增加了秋江的寂冷。

那船家汉子,应该是个关系密切的人吧,同船共渡,他是一船之长。他的表情十分紧张,这个藏着许多迷信的人,时时防范有人触犯了他的忌讳。

我就一句话也不说。我的沉默和他的沉默比赛,他的沉默和江的沉默比赛。江面有浪无声,沉默得令人慌张。落雨了,我倾耳细听,听雨点打在江心弹奏的声音,听雨点打在篷顶嘈杂的声音,听雨点打在石板上近乎干裂的声音。然后再听各种雨声的混合。

每天早晨,日出之前,我望着利刃似的江水,江水般的天空,天空一样的前途,想人,想人生。逆水行舟,连坐船的人也容易疲劳,你总觉得你也在使力气。这江上的滋味是什么滋味呢,同是祖国河山,为什么这一衣带水使人血冷呢!

船以风力行驶,可是行到上游,要靠人力曳过浅滩。这时,我见到了从没见过的纤夫,听到了从没听过的纤歌。领队主唱的人确有一副很好的歌喉,加上山鸣谷应,秋水传音,说是当做一场音乐会听并不为过。——可是这话未免太没有心肝了吧,那一小队纤夫,除了那领队的以外,竟然都是在秋风里一丝不挂、在山径上赤足而行!想必因为长年如此,他们全身的皮肤厚黑粗糙,简直就是直立的野兽。(我说出这等话来应该打自己耳光,可是,不这样说,又该怎样说呢?)拉纤的时候,上身弯成直角,男人最该遮掩起来的那团事物,累累挂在股间,从后面看去,不是仅仅少了一条尾巴?(耳光!耳光!)

我很悚栗了一阵子。他们并没有随身携带衣物，旁边的石板屋就是家，他们是赤条条走出来的吧，也要赤条条再走回去吗？我的同类，我的同胞，我们都是人，那站在冷冷的江水里张网待鱼终此一生的，是人；表情漠然，撑一条船上游下游终此一生的，是人；在长纤上拴成一串挣扎呼号度过一生的，也是人。我的一生会是什么样子呢？生命有没有共同的意义呢？

一天，船行到一个上有悬崖下有激流的地方，靠了岸，一船之长取出纸钱来到岸上去焚烧。我什么也不敢说，不敢问，这回他忍不住告诉我，上个月，这里淹死了一男一女。他指着一簇石板屋：那里有个男孩爱上一个女孩，女孩的父母百般阻挠，男孩只好要求做那女孩的弟弟，当然，这个要求照例受到严厉的驳斥。那伤心绝望的男孩说：好吧，我一定要做你的弟弟，我明天去死，死后到你家投胎，做你的弟弟！

马上，男孩跳江自尽了。

奇怪的是次年女孩家里果然添丁，在那样的家庭里，照顾婴儿是女孩无可避免的责任。婴儿在女孩怀里长大，相貌越来越像死去的男孩，望着姐姐的脸笑，紧贴在姐姐胸前,小情人一样微醉。

一天,女孩望着弟弟,目不转睛的望了很久,忽然说,我们都死掉吧,我们一同死,一同投胎转世,然后我再嫁给你。她竟抱着弟弟从崖上跳进江里,两具尸体都没找到。

啊,这样也是一生!

我每天读那条江如读一厚册哲理,同时我读你如读那条江。我拼命探索你说过的每一句话,诠释你的每一个表情,审问你的细微的动作所扬动的灰尘,重数你临风昂首时的头发,温习你微笑时眼中闪耀的光线。我想像你的一生。一如那条江,我相信你是统一的。可是读江不易,读你更难。

你怎样想像自己的一生呢?你怎样衡量别人的一生呢?什么是你的表白?什么是你的隐藏?什么是你的停顿?什么是你的奔流?你是一个什么样的谜、你是哪一种禅?

我要仔细问你。我躲在舱里给你写信,写了一封又一封,写光了我带的纸。我可以写得像江一样长。但是,在舍舟登岸之前,我站在船头,凝望平陆,把那一叠信一张一张投入江中,波浪像鱼唇一样咬它们。我知道你什么也不会说。你不是江,你是一本合着的书。

后来,很久以后,我忽然灵机顿悟,一切豁然。我明白了,我了解人,也了解你。屈指计算,正是我读江二十年后,你所懂得的,我也懂了,你到达的境界,我也到了。

你的智慧比我领先五分之一世纪。那也没关系,人生如后浪跟前浪,最后总是所见略同。

那条江,还是昼夜不息的流着吧。

旧曲

智者千虑，必有一失，居然你也有料事不明的时候。你说，国外的人滞留不归，是因为祖国太穷。这话不对。拿我来说，异国的富和我有什么关系？我就是守着密西西比河，每天也只喝五磅水。几十年来，海外有这么多华人辞根化作九秋蓬，不是因为穷，而是因为——，因为——，让我考虑一下能不能坦白的写出来。言语易发难收，也许你会大怒，也许你会敏感。白纸黑字，十目所视，也许你怪我不知轻重。我们之间的纽带是直觉，不是逻辑，我们的共同语言源自历史，不来自新闻。

我想，如果是面对面谈天，话到此处，如果我还有机智，最好是"乱以他语"。我该说，你一向喜欢京戏，现在就听一段萧何月下追韩信吧。我的录音带里有一卷麒麟童，唱词没忘记吧，说明书上印着呢：

  我主爷起义在芒砀　拔剑斩蛇天下扬　遵奉王约圣旨降　两路分兵定咸阳　先进咸阳为皇上　后进咸阳扶保在朝纲　也是吾主洪福广　一路上得遇陆贾郦生与张良　秋毫无犯军威壮　我也曾约法定过三章　项羽不遵怀王约　反将吾主贬汉王　今日里萧何荐良将　但愿得言听计从重整汉家邦　一同回故乡　撩袍端带我把金殿上　三叩九首见大王

  麒麟童沙哑的嗓子，生出"鞠躬尽瘁、殚精竭虑"的形象，在艰苦抗战的年代，感人甚深。那时，这段戏到处风行，酒酣耳热有人唱，风清月白有人唱，灯火满台也有人唱。不管哪一种意识形态，都能把这段唱词看作自己处境的象征，由左派唱到右派，由重庆唱到延安，有人嘻嘻哈哈的对我说，这段唱功才是中国的国歌。

  胜利了，大分散开始，我走出你的影子，带着你留给我的困惑。你可知道，这以后，我们换了戏码，在我们心里，萧何退隐，秦琼复出。他的一段自白，我也写在这里吧!

　　将身儿来至在大街口　尊一声列位听从头　我不是歹人并贼寇　也非是响马把城偷　杨林道我私通贼寇　因此上发配到登州　舍不得太爷待我的恩情厚　舍不得衙役众班头　舍不得街坊四邻的好朋友　实难舍老娘白了头　儿想娘　难叩首　娘想儿来泪双流　儿是娘身一块肉　儿行千里母担忧　眼望得红日坠落在西山口　望求公差你把店投

那几年，常常听见有人这么唱，并不知道到底在唱些什么。也是十几二十年后吧，偶然从大戏考上看到这段唱词，立即过目成诵，再也不能忘记，唱腔也无师自通，马上可以引吭高歌。这一唱，就觉得十几二十年前自己也跟别人一块儿唱过，就把由萧何到秦琼这一段历程回看了，把当年爱这一段苍凉的早熟的小伙子们一一谛视了，再去看镜子里的自己。

你对纽约了解多少呢？我唯一的西方背景、是十三岁（？）那年、一个叫华乐德的白人牧师为我施洗。像我这样的人、移植到半个地球之外、是怎样活过来的呢？你一年四季都可以看到颐和园，当年慈禧太后为了集天下名花于一园，特意命人由江南运水运土，经营花圃，培育江南的花种，即使如此，有的花只能吐芽，有的花只能抽叶，有的花是开了，终于小了一号，薄了几层，淡了三分。这些年，纽约对我，可是进行了一场触及灵魂的文化大革命哪。每年有六万中国人从亚洲各地移居美国，他们有几人是为了美国的财富？又有几人能够得到财富？照我们流行的说法，他们绝大多数是来"堕胎"，并且以后再也不能生育。他们何苦，何苦来呢！

谁能设身处地了解别人呢，为对方设想岂不是放弃了自己的立场？我能够从这个流行的心态挣脱，是因为学诗，诗人经常把自己假设成别人。你本也爱诗，后来呢？现在呢？是否读过"汉恩自浅胡自深，深深浅浅点点心"？是否记得"君不见咫尺长门闭阿娇，人生失意无南北"？这些诗句几乎是挂在海外华人嘴上的一支歌呢。

我实在欲罢不能，实在不能不说，谁甘愿由追韩信的萧何变成起解的秦琼、再变成出塞的昭君呢，谁会主动选择这样一条路呢，这样曲折的一条路他们是怎样走过来的呢，在这抛弃过去寻找未来的路上要受多少折磨呢。他们并未作曲，只是演唱；他们不是编导，只是担任指定的角色。四十年的历史在那里明摆着。

宽宏大量，你就让我说了吧，海外华人往往自比花果飘零，我看也许更像大额小额的钞票。当初豪客万金一掷，从他手指缝里流出来的钞票散落江湖，有几张还能回笼？他可以另外蓄聚更多的资本，但，能都是原来的钞票吗？

第二部　世事恍惚

黄河在咆哮

今天海韵唱黄河,黄河在纽约咆哮。风吼马啸,高粱熟了,这支歌我也会唱。那是在枪声炮声使孩子一夜变成大人的年代,在一支歌可以使农夫马上变成战士的年代,那时有手就可以握枪,有口就可以唱歌,有血就可以救国。那时我们的生活里有风,有马,有高粱。黄河在歌里,歌在高粱酒里,酒在动脉里。黄河是中国的动脉,地图上三江五岳,脉络分明,夜半营火熊熊,打开地图看待复的河山,看焦土上的点点星火。四十年了啊,四十年断层,黄河久成绝响,海韵啊海韵,旧曲新奏,我不忍再听,我不能不听。海韵啊海韵,黄河远去,黄河变成象征,变成传说,变成音乐厅里的清唱剧。今天黄河又怒吼了，或者说，黄河一直在怒吼，今晚我们又听见了，音乐厅里，合唱团化身黄河，演示那一页历史，灯群如繁星在天，脚下的地毯使我想起离离草原。合唱团排出传统的矩阵，女高音白衣似雪，没有马，有钢琴，没有风，有空气调节，在人造的春天里有成束成篮的鲜花，没有暴雨，有暴雨也似的音符。在白发指挥的东指西顾间，历史变成了声乐，这支我们久已熟悉的歌脱胎换骨，羽化登仙，翩翩飞临，给我们一个美丽的新世界。听众席上，今日之我问昨日之我，哪个是幻，哪个是真？然而怒吼仍在，暴风雨仍在，存在于音乐之中，依照声乐的法则变服易形。这仍是我们流过血流过汗的歌，我们有过多少支歌啊，那些艰苦岁月我们是唱着过来的，只要唱出来，仿佛痛苦并不存在，而愿望也似乎早已实现了。歌也有生老病死，成王败寇，当初四万万人唱三千支歌，而今人们记得几支呢，谁还记得，我是太阳，我是永远不灭的火，我是光明所有者，光明永远属于我，豪言壮语，却是带着淡淡的忧郁，夸而不浮，很美呢。在这世界上，我骄傲我生为中国人，二十世纪该有一页我与敌人的斗争史，很抒情，很散文化，然而却是简捷了当的把战争哲学唱出来，给你一个心安理得。天空中失落了月,声音低沉下去,失落了星,再低沉下去,地面还在朦胧,到朦胧两个字微微上扬,拖了长音,像是抬起头来望着辽阔的原野,远远的军号响了,高上去,正在唤我出征,再高上去,正,在,唤,我出征,都连着一个休止符,抑扬顿挫,简直就是集合号的号音呢。在这饱满的张力后面,母亲啊,谢谢你的眼泪,爱人啊,谢谢你的红唇,别了,这些朋友温暖的手,低音回荡,好温柔啊好缠绵,然而立即就是勇敢果决:骑上了战马、放松了缰绳,去冲敌人的阵营,在这旗帜下、我愿我为了、祖国牺牲,进行曲的节拍,使你无论身在哪里,心是在前线了,那支歌,歌里那点浪漫的气质,在那气质感染下,多少人痒了疯了,现在有谁记得它呢。然而那是我们的歌、我们的歌啊,我们还记得、我们永远记得啊!抗战结束,歌曲也要解甲归田,黄河啊,你这得宠的孩子,你经天才含咀,经音乐学院琢磨,经伴奏者烘托,经指挥棒点化,你成为艺术,你是博物馆里的盘子,不再是餐馆里的盘子,你代表了历史,也走出了历史,你,已经不是人人能唱,甚至不是人人能听、人人能懂的了。音乐会中途休息的时候,后座有人对话,一个问,青纱帐是什么东西？一个反问，你学中国文学，连青纱帐都不懂吗。我几乎想插嘴，若我年轻二十岁，我必回头插嘴告诉他什么是青纱帐，在他听到保卫黄河之前。然后我去洗手，我听见一个人说真可惜，那么厚一册节目单，为什么不把大合唱的歌词印上呢，另一个人告诉他，歌词有什么要紧呢，这是声乐，声乐器乐都是乐，在英文里，独唱和独奏是一个字。我想今日席上尽是审音度律之人，他们听到暴风雨呀来了，暴风雨呀来了，也许只欣赏钢琴低音部分的翻滚，不能想像敌机低空盘旋带来的不祥的预感，他们听到扛起了洋枪土炮、拿起了大刀长矛，也许只欣赏歌者在速度中兼顾清晰，无从体会庄稼汉丢下锄头抓起武器那份儿慌忙迫促。八年苦战，而今剩下的是乐评家笔下的演唱技巧，影评家笔下的表演方法，文评家笔下的描写深度，当年在原野中先看看风向再唱歌的人，今日几人有幸为听众为读者。缅怀当日万山丛里，歌罢黄河，各言尔志，我说今生今世并无大愿，只希望抗战胜利之日奔到黄河岸边洗一把脸，洗去我满面征尘，众伙伴翕然称善，都道是咱们大家一块儿去干。古来征战几人回，而今黄河在哪里，那一张一张结实的脸又在哪里，每见路旁有一丛荒草特别肥美,总疑心下面有个流浪汉的尸体。黄河之水天上来,奔流到海不复回,半头白发听高音绕梁,听美化了的历史,才知道即使是三十功名尘与土、八千里路云和月也只有岳武穆才配得上当得起。今天我要哭,八年战火我不流眼泪,眼泪是我唯一的积蓄,涔涔潸潸,我今天要提取支付。艺术太美,人生太丑,艺术太庄严,人生太猥琐,艺术太无用,而人生的实际需要太多,艺术太近,黄河太远。旧曲使我再过一次十八岁,再做一次只凭清水就能抽叶生长的植物,万虑未生,一念方始。在这世界上,我骄傲我生为中国人。别了,这些朋友温暖的手。谁还会唱?谁曾听过?它成了属于我们自己的歌,成了我们的私房,它是我们灵魂的项链,是我们受洗的那一盂水。它的作者在哪里,歌者在哪里,谱在哪里,词在哪里,舞台在哪里,伴奏又在哪里。它跟黄河一同创造先烈,无缘与黄河一同创造听众。一歌成谶,我们真的没了母亲,没了爱人,没了朋友。我们还有歌没有?还有歌没有?

春雨·春雷

今天一大早电话铃响,我睡意尚未全消,抓起听筒,贴近耳朵,听见今年的第一声春雷。窗外,地平线上,那种把天和地分开的大爆炸。话筒里塞满焦响,没有人语,窗玻璃,楼板,都随着共鸣。电话里是雷声,收音机里是雷声,树梢上是雷声,汽车喇叭里是雷声,世上再无第二个发声器,大地只是一块回音板。

然后,我恢复了听觉。电话里,百里之外,那人问我:"听见了没有?又是一年!"

听见了!听见了!——你听见了没有?我真想转头问你。

我知道,你没有听见,你太远,即使是日食,我们也不能同时看见。当世界末日，天使吹号召集世人受最后审判的时候，究竟是你先听见，还是我先听见？

这些话不是太无聊了吗？我是想说，我们也有同时听见春雷的日子。那是在我们干燥的少年时代一个潮湿的早晨，我们因为营养不良而需要一个合唱队，而合唱队需要一个名字。那天，忧郁的天空，在维持了整个冬季的拘谨之后，忽然像决心反叛似的，丢给下界一个霹雳。事先连个闪电也没有，我们都吓了一跳。一个同学说："有了，我们的合唱团就叫春雷。"这时，植物油一般的春雨，非常细腻的洒下来，泥土地悄悄的泛黑，我听见你说："我们的合唱团也可以叫春雨。"

那时，我在做什么呢？我用手指在膝头写着：春雨，春雨，春雨。我在想，为什么春雷总是那么凶悍、那么不耐烦呢？曳着绿罗裙使所过之处生出芳草来的春神，为什么用这样焦躁的神态露面呢？这恐怕不是春天鸣锣开道，这是冬天大吼一声死了。春雨，春雨，春雨，我把这两个字放在舌尖上跳舞，始终不能把它们吐出来。春雨，春雨，春雨，它们至今还含在我的舌底。

现在我向你要一支歌，我们以春雨之名正式操练的第一首歌,身无半亩心忧天下的慷慨之歌,把跋涉当作修炼而从不计算里程的苦行之歌。有人说,这是我们合唱队的队歌。我们带了救亡的火种,这是第一句,也是歌名,我没记错吧?走遍祖国广大的城乡山林,这一句有问题没有?冒着急雨寒雪霜冰,不怕暗夜风沙泥泞,这两句太不工稳,太不浑成,请告诉我,错在哪里?四十年来,我似乎一直是这么唱的,也是这样梦的,是哪一年哪一天开始唱错了?是哪一年哪一夜开始梦错了?

我记得,歌词是四句一节,全首分成六节,六节唱完了,第一节反复一次,对不对?我们从敌人屠刀下冲出,痛尝够亡国的残害耻辱,遍身被同胞热血染红,满怀牺牲决心和最大的愤怒。这四句是一节,对不对?这四句,是不是也有些字记错了?原文到底是怎样写的?遍身被同胞热血染红,每逢我看到红蛋,我一定会想起这一句。虽然温习的机会很多,我仍然怀疑我写出来的有讹有误。那般摇荡性灵的歌,使我们唱了发烧、睡了做梦、仔细咀嚼了流泪的歌,到底、到底是用哪些字组合起来?

还有,我要问,问那当年教我们唱歌的人,他说:"我不能指挥春雷,我可以指挥春雨。"说时伸臂展手如翅，我看到他的修长的、白皙的、洁净的手指，这样的手指跟他的身材相貌气性很调和，跟他的音质音色很相称。事后回顾，他选了许多好歌做教材，那些歌有生命，能代表那个时代，使我们在精神贫血的穷山恶水之中也还能有不落人后的地方，使我们的空虚的老境里还有大时代的余音。他是一滴水，来自大海波涛，这一滴水里有春雨之心，波涛之志，我想念这个人。

可是，"我们带来救亡的火种"却是不见经传的。在音乐课堂上，他说，日军炮轰宛平的那天，他正在北平准备出国。就在这一天，他家的房屋变成一堆瓦砾。就在这一天，他投进一个剧团，深入大巴山区，宣传抗战。群山万壑，地平线迎面竖起，他们以脚趾为钩，与猿猴争路，可是他有那样的手指。他们比历史先来一步，让山中人看生看死，看恩看仇，看敌看我，看血看火，让山中的石块也想脱胎变成炸弹，参天古木恨不得立即倒地成枪，可是他有那样的手指。也就是那手指，把歌声挂在峭壁上，绕在树干上，绣在流泉上，点化鸡鸣狗吠，连风过林梢都是在奔走呼号。

"我们带来救亡的火种"是他的作品，是他们剧团的团歌。"我们把烙痕放在人们心里",这一句歌词中的"烙痕"就是一出话剧的名字。这一小节四句,每句嵌着一个剧名,都是他们的拿手好戏。可是其余三句是什么?我怎么也想不起来了。

一定,句子还好好的放着,不是在我心里,就是在你心里。我找,你也找。

找那些把长街当铜管的日子,找那些把石板路当琴键的日子,找那些唱出一片海洋来、人在小舟中摇荡的日子。找那些音乐把指挥当乐器,指挥把我们当乐器,我们把个城当乐器的日子。

也请你替我找那在我们嗷嗷众口之前用藤棒拨音符的人,我想念他手中的棒和握棒的手。在流亡途中,他指挥我们未晚投宿,鸡鸣看天,一如指挥合唱。小村宁静,家犬凶猛,穷人的狗可怕,因为它们难得吃肉。他用指挥棒替我们打狗,他驱退一只狗如同按下一个休止符。

"老师,莫非你指挥过叫化子?"我忘不了这句玩笑。

"我在大巴山里打狼!"我忘不了他的严肃。

打狼!有一次,在进入一个小镇之前,他把一群麻雀似的队伍整理成雁阵,他带领我们用最大的音量唱那支歌,我们要把镇上的妇女儿童引出来看抗战。可是镇上静寂如死,两旁的门窗闭得蚌紧。如果不是头上有天,这里就是隧道。如果不是檐前有雀,这里就是古墓。

忽然,前面的歌声压低了,忽然,只有二分之一的人在唱,忽然,只有四分之一的人在唱,忽然,只剩下他一个人的歌声。

独唱以细若游丝的一线,吊住七零八落的淅沥,从恐惧的海洋里捞起旋律,重新汇聚澎湃。歌声,情绪,降到谷底又升到谷峰。

就在这时,我看见那只手,走近那只手,看见他用细长的苍白的手指捏住指挥棒,指挥棒向上一挑的时候,我看见电线杆上挂着一个须发成饼面目如粥的人头。

他,文弱的他,疲倦的他,严肃的站在人头底下,站在已干的血迹之上,转动手腕,把我们的视线抓在手中。然后,他挥动手臂,像是从什么地方掏出音乐来,撒在我们头上。他轻轻一指,我们都醒悟了,这才是应该高歌的时候,我们唱得那么响,那么狂,又像是陷入了迷醉。

就是那只手,高举着,挥舞着,守护我们的心灵,守护音乐,于是我们赳赳昂昂的穿过死街。

于是长街又活了,窗户一扇一扇打开,窗框里贴满了妇女儿童的眼睛。

我怀念这只手,这只打狼的手,这只指挥春雷的手。当这只手把他的歌交给我们当作队歌的时候,他的眼神好难形容,当初黄石公把他仅有的一本绝版书交给张良的时候,大概就露出这样的眼神吧。如果张良把那本书弄丢了,如果张良把那本书的内容忘记了,成什么话,成什么话?

我怎可忘记那只手,怎可忘记那首歌。请你仔细想那歌,想我脱漏了哪些句子。你要浪漫的想,豪放的想,打开潜意识,释放一切牛鬼蛇神。请你寻觅合唱队的幸存者,问他们还记得多少,断简残篇,一句一句的凑,一字一字的补。

最后,找到他,找到教歌的人,告诉他,他的歌并没有失传。

写下格言的汉子

人,一生的精力多半用来改正自己所犯的错误。请你给这句话打个分数好不好?当年,曾经,我们相向而坐,看我们能背诵多少警句,看你服膺的是不是我认同的,看我迷醉的是不是你欣赏的。我说:"我们爱听黄莺,因为我们不懂它说什么。"把分数写在小纸片上,八十分,抟成团儿,丢给你,你也抟一个纸团儿,藏着六十分,丢给我。我们同时打开看,我们事先约定只是看,绝不辩论。"人人希望延长生命,所以相信有鬼。"你一面说,一面写下九十,望着我,望着我的笔尖,而我望着你,自己竟不知道写了多少。我们认识悬殊,可是我们从未辩论。

我们在十六岁的时候可以不辩论，到了六十岁还要辩论吗？我们同在一个屋顶之下不辩论，如今住在地球的两边还要辩论吗？我们共同读一本书的时候不辩论，我们分开读两本书还要辩论吗？"真理愈辩愈明"，你给这句话打过零分！一见辩论二字，我好累、好怕、好虚无，我们延长那个约定，依然不辩，任他夜莺啼弄，鬼魅喜人！

"人，一生的精力多半用来改正自己所犯的错误。"由零分到一百分，任你，我不打分数，不参加意见。如果你也喜欢这句话，如果你也给了它高分，那么，我要托你，郑重托你，替我寻访当初说这句话的人。我不知那人在哪里。我只知道他曾经在冰里雪里，血里火里，生里死里，一场噩梦里。

冰里雪里！我是因为冰雪才认识他的。一切都不必细说了，那年老天用冰雪收人，先把地球挖走、换上一团雪，再把苍天抽掉、铺上一层冰，左右四方也都雪漆了、冰镀了，冷冷地望着我们一小撮苍生游动，等我们肉体结冰、灵魂出窍。哪有山，哪有水，哪有大豆，哪有高粱，哪有使命，哪有归宿。只有雪，只有白，只有死走，只有走死。

极冷是在炮火停止之后,空寂也能凛然生寒。冠者五、六人,童子六、七人,因为腿短,所以雪深。雪是一场末日审判,人人只顾自己,嗟,嗟,同类从我们身旁越过,撕裂了所有的共同。他们走远,消失,永不再逢,像是从地平线跳下去,落进另一个星球。吸入的都冷,吐出的都热,冷热对流,等热散尽,等吐出来的也冷。书本欺人,说三才以人为大,这样的冷,天受得了,地受得了,人受不了。天地冷成一个透明的混沌,等盘古来敲破,而盘古不来。天等着收魂,地等着收尸,天覆地载中,人自大自杀。漫天是雪,雪花大如手掌,飘成漫天讣闻。

冷,冷是一种毒气。冷是一种销镪水。冷蚀透皮衣,冷蚀透棉衣,再蚀透毛线衣,衬衫,内衣,向毛细管冲刺。咬着牙想,想六月的热锅,想地狱之火,想钻进别人的血管,想爆一个原子弹做热炕。动员一切的热堵住毛孔,与寒气反复搏杀,断断续续放些冷屁,好像屁也围住肛门结冰。把牙关咬紧,咬紧,把寒冷咬住,咬死,把唇齿咬成一副冰雕。

咬紧牙想今夜会躺成什么样的姿势。一切不是都冻结了吗，宗教冻结，不见上帝；情感冻结，不见朋友；责任冻结，不见长官。我的脑髓也冻结了吧，我觉得我在缩小，我的衣服是惊人的宽松，我似乎是从帐篷里伸出头来四面观看，忽然觉得这样没命的挣扎前进是不必要的，我迷迷糊糊地打算留在帐篷里。工夫不大，我比同伴们落后了一大段距离。

就在这时，一个大汉向我们大步急奔而来，他踢起积雪，踢成一串云烟，使我几乎以为他骑着白马。很快，他追上我们，超越我们，然后，他放慢脚步，等我们越过他。两度交会，他仔细看我们，看这歪歪斜斜点点滴滴大孩子、小大人。他用厚帽、宽领、长靴和口罩把自己遮严了，不消说还有手套，看上去三分像人，七分像一栋移动的建筑。但是，从风镜后面，我看见他大而温和的眼睛。出乎意料，他一把拉住我，向上提，往前拖，我立时在雪海里雪尘上如游似飞起来。

我不能相信这是真的。据说，人在快要冻死的时候会有各种称心如意的幻觉，我几乎以为我是那样了。他把我们这一小伙人带进一个小酒馆里，不准任何人瑟缩着烤火，他自己远离火盆，脱掉外衣，大把抓雪，用雪摩擦皮肤，勒令我们照着做。由脚到大腿，由手背到肩，由脸到脖子，直擦到发热发红。见了他，我才知道"魁梧"是个什么模样，矮小的酒馆似是为了映衬他的高大宽厚而设。他的脸皮粗糙，可是分布着一些白麻子，看上去相当柔和。直到现在，我述说这一段经过仍然带着说梦的心情。咳，我梦见俯身捡拾那些掉在雪地里闪亮闪亮的白麻子！

以后有一段日子我们跟他在一起。那次冒雪越野冻伤了许多人，腿部肌肉腐烂，情况相当可怕。还有人——至少一千人——冻死了，身上只穿内衣，皮大衣皮裤筒都丢在雪地上。是不是遇上了打劫？不是的，当地人说，人在快要冻死的时候会把衣服脱掉，他忽然觉得很热。咳，悲惨，上帝怎么开这种玩笑！不过上帝到底慈悲，他饶了我们，他派一个强人来赦了我们的死。

那人是我的英雄，我常常在他的前后左右望着他的眼色他的手，可是他并不在意自己的形象。例如，有一次，我满心虔诚，问他怎不怕冷，他说，心里有女人不会冻死，心里有仇人也不会冻死，还有，做过亏心事的人也不会冻死。这三个条件他全有，雪怕他，他不怕雪。他指着我的鼻子:"这三样哪,你全缺!雪欺负你,你要特别当心!"什么话,这不是没正经吗!

有时候,他说起故事来也很迷人。难得的是他平时很沉默,没见他和同事们谈天,餐桌上多半终席不发一言。他的故事专为我们而说,听来像童话。他说,在那个"最后一战"里,他们只剩下二十八个人。同事一向嘲笑他,说他脸上的麻子反光,敌人容易发现目标,谁也不愿意和他并肩作战,可是事到最后关头,二十七个人死心塌地听他指挥。二十八个人守一条战壕,兵力是太单薄了,全赖他虚虚实实调度得宜。可是——

他的脸白了。那时天气晴朗,平畴沃野,一望千里,使你疑心能看见弹道。好久没有下雨了,大地干燥,枪声格外响亮。这时那时,一架旋风袅袅娜娜走着"之"字奔向战壕,奔向枪巢,不知怎么,一个人卧在血泊里了。旋风在战壕前沿徘徊,去而复来,并无钟声,卷起来的尘土也不够堆个坟墓。

他的脸全没血色,连白麻子也显不出来了。这是怎么回事,那装了弹簧一般跳跃旋转的尘柱,像是一具有人操纵的机件。其实那旋风很文雅,在他的眼前头顶徘徊越趄，仿佛带些羞怯，可是只见二十几个伙伴倒下一个又倒下一个。天下竟有此事！他说翻遍二十五史也没见过。

他说，他这后半辈子一见到旋风就得哭。

你是怎么走上战场的呢？你原来干哪一行？这个问题他装作没听见。

秋天另外有秋天的故事。草木零落雁南飞，他站在大树底下，想要承担一树的黄叶。他说，小时候，每年深秋，邻家的树叶总是飘到他家院子里落下，他总是帮邻家的女孩拣回去，所以落叶使他想家。他决定辞职不干了。

走遍白山黑水，还是老家有意思。他记得小时候有个反对缠足的运动，不仅满街标语，所有的男孩胸前还佩着一枚徽章，蓝底白字："我不与小脚女子结婚。"邻家那个女孩本来总是请他夜晚到庙后面捉蟋蟀，或者请他爬上电线杆取下断线的风筝，徽章一挂起来，她就闭着口不理他了，有时迎面相遇，她总是突然涨红了脸，低下头，一小步一小步从他身旁走过，走得很慢，咳，她是缠着足的。你想，这般有情有味的事哪里有？除了故乡！这些话都是他说的。

"人，一生的精力多半用来改正自己所犯的错误。"

那天，受老树黄叶的逗引，他说出他对生命的结论。

他本来干哪一行？他的第一个职业是在一家中学作军训教官。呵，我读中学的时候没遇见这么好的教官。

有一天，当地驻军的一个连长跑来找他，他们是换帖磕头的好朋友。连长一看左右无人，随手把房门关起来、上了闩，扑通一声下了跪，汗珠子叽哩咕碌滚过额头，没口地说："今天我死定了，除非你救我！"

什么话，但愿同年同月同日死，老大哥有难，岂能坐视？你说吧，要怎么办咱们怎么办。好，千斤的担子我担了，立时集合学生，挑选二十个前排的高个儿交给你带去，换上军服，编进各排各班，应付一小时以后的点验。一个连有二十个空缺，那还了得！连长枪毙三次还有余辜。可是这二十个空缺要分给排长，特务长，营长，营附，他们待遇太低，还要分给团长，副团长，参谋主任，他们开支太大，轮到做连长的不过两个空额罢了！天地良心，待遇低、开支大，当连长占全了，救人一命，除了人情，也合天理！

他紧跟着那二十个学生，跟到连里，跟到排里，跟到班上。学生入列，看着还真不是假的，军训教育没失败——除了这些孩子在烈日下头先出汗,脸皮透红。这些孩子真嫩,真乖,真教人心疼,教他做张得功他就做张得功,教他做李得标就做李得标,一丝不苟。小小年纪就有机会造七层浮屠了,不容易!

点验的场面十分壮观,全团官兵集合在一起,遍野方阵井井,师长居高临下,如坐天上,立正稍息凭号音,队形变换由骑兵传令。点验官手执花名册和红蓝铅笔进入各连,连长站在全连第一名,照样听点。他,军训教官,远远站在下风口,扮演一个看热闹的闲人,竖起耳朵听那响成一片搅成一团的应点之声,一只手提着心,一只手吊着胆,生怕他的学生背错了台词。他那因朋友义气而生的自满自信终于膨胀起来。他相信一切平安无事。

咳,每一个老兵都可以作证,这个样子的总点名哪有风调雨顺的呢。那天到底出了事,出了一件大事,也可以说是个大笑话。那天师长入阵巡视列兵,后面跟着一串踢跶踢跶的马靴,再后面是一群挤挤擦擦的盒子炮。走着走着,突然有人高声喊道:"报告师长,我是×××,一九九师的参谋长!"师长停步注视,这人好面熟,一九九师参谋长?不错,曾经一块儿开过会,吃过饭。可是,你怎么会在这里?"报告师长,他们抓兵把我抓来了。"

这一下子全团炸了。师长青着脸问:哪个是连长?连长双手握拳,两肘平端,提左腿,跑到师长面前,垫步,立定,下面一个动作操典上没有,他跪下了。可怜这连长哪,也为了应付总点名气喘吁吁,他们看见有个人身体健壮,穿着和士兵一样,动手便抓,没问青红皂白。师长慢沉沉地问:"军人有这个姿势吗?你是什么地方训练出来的?"连长赶快站起来,两腿直抖。师长望了望佩盒子炮的卫队:"拉出去!"马上一左一右,两个人把连长挟住。师长又说:"立即执行!"就有第三个人上前把连长的军帽摘掉,因为下一幕是肝脑涂地,不能玷污了帽徽。

多悲惨的故事啊,可是那时我们年纪小,没心肝,抓兵抓来个参谋长,真好玩!听得走神,反而把原来的话题忘记了,等到言归正传,我们才收其放心。且说那天点验完毕,师长下令立即坐火车开上前线,点验场就在车站附近,车头车厢早有准备。人员鱼贯登车,肃然无声,连长,军训教官,这兄弟俩你望我,我望你,蒸汽从帽沿儿四周冒出来,前胸后背湿透。军训教官只觉得头上有块磨盘石,他告诉自己无论如何他得顶着。他挺直了脖子,他挺直了脊梁,他直挺挺地跟着进了车厢。

火车向着红红的太阳直撞进去。

连长说:"兄弟,是我对不起你,来生报答吧。"

"不用,我也从军,你把我补上。"

他做了排长,亲自照顾那些学生。从此,万里长征人未还。从此,旧业都随征战尽。从此,长安不见使人愁。

直到他的学生都有了风霜之色,各奔前程。

直到他转战四方顺手收容的孤儿也能喝辛辣的酒。

直到他有一天觉得自己也是一片黄叶……

他一直说到地上的落叶增加了许多,树上的黄叶却不见减少。

最后他说:"贯大元是我的亲戚,他唱的武家坡回窑有一句是水流千遭归大海。我要回去看看那小脚女子嫁了没有——把她娶过来,给她放脚。"

我想念这个人。我不仅是感谢他,我喜欢他。"水流千遭归大海",请你到海里把他捞出来。"贯大元是我的亲戚",这个线索应该够用,贯大元是名须生,图书馆里有他的传记。让我有个机会帮助他修补被枪炮震碎了的人生。替我问候那小脚女子。

眼科诊所和眼睛

眼科医师的眼睛该是什么样子？清澈？温和？安定？明朗？他们的工作是眼睛对眼睛，擦亮天下人的灵魂，我想他们的眼睛很美，美得使人想替它们配一个画框。然而，我是闭着眼睛走进那个眼科诊所、又在暗夜离开的。那年炮火很凶猛。那年我的世界碎成瓦砾。那年我的两只眼睛都因为肿胀而密封起来。我摸索脚下的坎坷。瓦片不能变成家信。瓦片不能变成车票。瓦片不能变成纱布和消炎药膏。瓦片相互倾轧，发出骨折般的响声。瓦片绊倒了我，爬起来，眼更肿更痛了。

我想起附近的一个小城。我想起那个经常称颂耶稣之名的医生。那时——比"那年"稍早——炮声虽远，伤兵却近。伤兵结队而过，把硝烟的气味溃烂的气味留在空气里。那临街而设的眼科诊所，忽然门前搭起天篷，搬出大量的纱布绷带和外科急救的药品，还有一捆一捆的竹竿，一桶一桶的开水。伤兵过境，就在篷下喝水，换药，临走抽一根竹竿当拐杖。自然，那位眼科医师没收过一文钱。不知是上帝特别爱他，还是要格外折磨他，那一阵子小城居民的眼睛特别健康，于是他就全心全意客串起外科军医来了。

如果那诊所也变成瓦砾，我想我会变成瞎子。我赤手空拳，瓦片也不能变成手杖。没有手杖的瞎子才是真正的瞎子，那一瞬间，我觉得人生真是太空虚了。一路摸索，那天才知道手臂加手指究竟有多长。终于，我摸到了墙壁门窗。终于，我听到锣鼓。炮声不是才停吗，怎么就有锣鼓响起来了？大锣大鼓从我身旁擦过，我从门上窗上摸到音波。突然红光一闪，劈脸就是一记，接着是颜料的香味扑鼻，不是巴掌，是风飘大旗。游行？真不巧，岂不是让全城的人都看见了？

诊所还在。医师还在。我摸到医师的手，这是好久好久没有摸到的温暖与柔软，有热泪外冲，冲开了眼皮，隐约见光,这是一个吉兆。可是到了晚上,我向床头伸手一摸,却摸到盲人用的一本点字《圣经》。两者之间,我问医生病情如何,他的回答是"多祷告,信靠神"。神!神无所不在,在希望中也在绝望中,在胜算里也在败象里。大厦落成,你赞美上帝,大厦将倾,你不是也交给上帝去负责吗?神!神究竟为我安排些什么?

我什么也不能做。我实在需要做点什么。我伸手去抚摩那本点字,正襟危坐而全神贯注。凸凸凹凹的小圆点,一个一个,一丛一丛,顺着指尖流进我的心。这些蚕卵一样的文字也能孵化吗?能,我把它孵成进行曲,一个圆点是一个音符,合谱成冲锋厮杀。在我的体内,药物正与细菌作战,为了缩短治疗的时间,医生用药猛,所以战况惨烈。病菌为了活命,必须杀人,人为了活命,必须杀菌,没有和解,没有和谈,没有和平,只有战争或备战。唉,如果可能,我情愿把一条臂割让给病菌,然后全身的器官肢体永远健康。如果可能,我赞成世上三分之一的人永远生病,三分之二的人永远无病。如果可能,那就让这一个世纪的人全病,下一个世纪的人全好。

那些蚕子一样的东西每天孵化,蠕动、流失,然后孵出第二波，一如幼蚕。有时孵化成史，谜一样的历史，回文诗一样的历史。有时孵化成禅，并无现在，此刻恍如来生，即是隔世。有时孵化成风，风无形，惹是生非证明自己存在；风无家，见缝钻入又被挤出。有时孵化成井，我坐在井底，云动井摇，摇摇晃晃载着我潜地而行，行至楚尾吴头，头上一轮黄月恰似瓶塞正要堵住井口。有时孵化成当初过境的老兵，他对医生说："我只剩下七个指头一只耳朵，别的什么都没有了。"医生说："你头上有天，天上有神。"

下一波涌出来的是命理。我替自己算命：变囚，变残，变贱，还是变英雄？我替喇叭替鼓算命：喇叭何时知道自己是喇叭，鼓何时知道自己不是雷？我替虱子算命：虱子何必那般贪吃，粮仓就在嘴边，吃！交配繁殖不知大祸临头。楼什么时候能折腰，不使人坠楼而死？楼能折腰，井能呐喊，河能反弹，火能禁足，刀能含羞，子弹有思想，安眠药会罢工，要少死多少人，多少人的命运要改变要重写。

就这样，我每天用心读那些点字，杀时间，杀菌，等眼睑变薄变轻，巩膜变白变润，睫毛变直变清洁，眼波变满变流动。某天深夜,医生对我说走吧,我送你上火车。我说医生,我的眼还没好呢,他说可以了,只要按时点眼药,平时闭着眼睛。我跟他踉跄从站长室进入月台,由月台进入长长的列车,车厢里挤满了人,全是男人,前胸贴后背,左肩擦右肩。我好容易挤进去,用一条腿站着,另一条腿没有办法找到空隙脚踏实地。同船过渡是前生注定的缘分,但我至今不知道这些奇异的乘客是何等样人;不知他们从何处来,往何处去;不知他们以后穷通荣辱,生老病死;也不知又曾几度重逢,相见不识。

自那以后,我对眼科医师有特别的感情。我发现,眼科医师的眼睛特别有光彩,有神韵,有亲和力。心脏科医师未必有一副好心,眼科医师却都有一双好眼。对他们的眼,上帝特别多费了一些爱心和匠心。他们的眼是江中的漓江,池中的天池,湖中的西湖。当年对我施医的那位大夫也该如此吧?他的眼到底什么样子?我却茫然。

这就更使我想念他。我常常把一双一双的好眼睛配装在他的脸上,总不是天造地设,妥当匀称。请你替我找他。你不必寄给我六安的茶或秦俑的复制品,我只要他的一张照片。

听说那小城高了不少,也肥了不少。我们的良医当然也龙钟了不少,玻璃体也浑浊了不少。我仍然要寻他访他,想知道他的晚景是否安康,子女是否成器。"积善之家,必有余庆",我们来检验这句格言。

最后一首诗

长江给我的印象是,伟大得使人想灭顶。一切伟大都诱人设想生命突然结束了也好,登上摩天大厦想往下跳,见了金字塔想往里钻,进了群山万壑想失踪,在拿破仑或成吉思汗麾下想赴汤蹈火马革裹尸。

长江长。长江的水热,江岸的树多。人群是另一种水。那年人如潮,江如堤,人在江岸受阻,上游走走,下游走走,似乎想找个池沼。有人终于过了江,有人望着江水出了半天神又折回去,有人——有许多人——在江岸上找一块树荫坐下了,也许入夜就睡在那里。

那是盛夏,树下是人,树上是蝉。树身贴满了白纸招贴:"武儿,在此等我,切勿离开,我一周内必来找你,不见不散。""二弟,我先过江去了,望随后赶来。""火速过江,不必等我。"以及"弟决意北返矣,兄自珍重。"之类,等等。蝉的喊叫使人静默,使那些招贴虎虎有生气,好像每张招贴就是一只蝉。

在那里,我认识了一个人。每天午后,他从林后的村子里出来,左手一把锡打的酒壶,右手挂着一根长管的旱烟袋,每走几步,就对着壶嘴抿一口酒,人未到,热烘烘的糟气先散开了。头发长得披在肩上,像女人;胡子盖住了嘴,像戏台上的古人;论气候,那件对襟夹袄实在太厚了,于是解开所有的扣子,袒胸露腹,像个无赖汉;脚下一双布鞋权当拖鞋穿,踢踢蹋蹋响,像个老学究。

这人喝冬季的烧酒,披明朝的散发,穿春季的夹衣,是什么人?奇怪,他分明落难,却有两个汉子做他的跟班,一个扛着小方桌,一个挟着小板凳,拿着纸笔墨盒。大路旁,树底下,摆好了,那人低眉垂目而坐,从自己口袋里掏出三个制钱来。他是个算卦的。

卦摊前面挤满了人。人,有时候也很关心别人的命运,自己不占卦,看看人家。命运化身六爻,六爻化身六亲,六亲生克,祸福所倚。卜者一手书写,一手掐算,口中念念有词。两个跟班的轮流收钱,钱装进自己的口袋,卜者显然很穷困,但并不关心收入,他只要壶中有酒。中午,卖包子的来了,他不吃包子,教人去打酒,两个跟班的一同去了,他们也不吃包子,趁打酒之便下小馆去。

除了酒,卖卜者只记得那三枚制钱,万历通宝算是古钱了,好像有人说钱越古,卦越灵?这样轮廓完好的古钱,还有那绿玉烟嘴,还有他那白皙的脸、在饮酒中略透红润的脸,与长发乱胡自相掩映,几曾在卖卜者流那里见过?下午有一老汉问卜,钱也付了,六爻也摇出来了,说自己马上要过江了。卖卜者啪的一声放下毛笔:"卜以决疑,不疑何卜?老乡,卦钱退回!"两个随从齐声答应,手却捂紧了口袋,老汉愣了一会儿,腼腆而去。你看,这么一对比,这卖卜者是不是很有风格?

据说他断卦很灵。据说他对一个寻妻的男子说:"西北有个村子,地势很高,村头有口井,很深,你守在井边等她吧。"据说那男子很听话,到那村子一住十天,除了一天两餐,寸步不离井边,可是就在他去找饭吃的那一刻工夫,一个妇人来投井,捞上来一看,正是他太太。

据说有个男子来占卦,问怎样找得到他的哥哥。这卖卜的人咬着烟嘴模糊不清地说："你没有哥哥。"怎会？我怎会没有哥哥？老家方圆百里谁不知道我们同胞弟兄？可是，"照卦象看，你没有哥哥。"那人昂然说："等我找到了哥哥，我们两弟兄来砸烂你的卦摊子。"据说，那人折回去顺着原路仔细打听，几天以后听到噩耗，他哥已经死了。

据说……

有人恭维他是活神仙。他黯然咂口酒："神仙又怎样，还不是没有用，一点用也没有！"弄得人家怪没趣的。

没事的时候，他像个烟火神仙一般坐着，咂口酒，吸口烟，把烟喷出来，紧接着射出一股口水，射得很远。我很诧异地望着他，不知他何以要同时做这三件事情。敢情他也在观察我？他的话吓了我一跳：

"念过书没有？"

念过一点儿。

"念过我的诗没有？"

这个，自然是没有。我根本不知道他写诗。

"要念过我的诗才算读书。"他曼声长吟：

唐代离宫隋代堤

朝阳红到夕阳西

这是什么?

这是柳树,我家的柳树。我家有一百多棵老柳。……

我等他念下去,他却只顾喝酒,抽烟,吐口水。然后:

尚有清狂左传癖

未登神妙右军堂

这是?

我的自传。一共四十首七律。四十岁了嘛。明天我写下来教你念。

真惊人,四十首七律,他要是教我背,我怎背得出来?——还好,他说过就忘了,没有再提。

蝉是一直在断断续续的叫着。这时一阵热风挟着热尘穿过,林间的蝉似乎受到某一种暗示,一起狂乱的喊个不停。那声势,叫得树都疯了。

他转过头去听。蝉叫有什么好听?难为它们身子那么小，音量却大。如果人也有这个样子的发音器官，我是说按照体积和音量的比例计算，做父亲的就容易找到子女、失散了的同胞手足也容易重聚了。有那么一个人，一条大汉，入林来读树上的招贴，一棵树挨一棵树，如读碑文。他忽然转身狂叫起来，他读到了要找的人，那张崭新的招贴还往下滴浆糊呢。他在林中疾走，满头是汗，可是他喊不过那些蝉，那些蝉联合起来压制他阻挠他破坏他，枉他堂堂一表凛凛一躯也敌不过斗不赢。唉，如果他能立时就地变成一只大蝉——

"你知道蝉为什么叫？"

不知道。

"你没读过我的诗，当然不知道。蝉是冤魂化成的，叫，是在喊冤。"

经他这么一说，蝉的叫声是有几分邪气。那些裹了白色招贴的树，突然像是披麻戴孝，放声哀号。这个人哪，肚子里还真有学问。

您贵姓？

我姓曲，叫曲园。

曲先生，您的学问真大！我想起俞曲园。

这倒是真的，我很有学问，学问很大。这人好大的口气！幸而下面还有一句：净是没用的学问。

树林里出现了几个孩子，长胳臂长腿的领先，拿一根竹竿，穿开裆裤的跟在后面，抹着鼻涕。

我知道他们来做什么，用他们灵敏的耳朵，听哪一只蝉喊得最亮；用他们明亮的眼睛，找出那蝉攀附的枝丫；用他们全身的活泼爬树，举起竹竿，碰触蝉身，那蝉不知道竿头涂满了浆糊，它凭着本能振动翅膀，它那薄到透明的翅膀立刻黏合立刻臃肿立刻泥泞，它就挂在自己的翅上翅挂在竹竿上竹竿缩进简单的计谋里，或者像一枚石子坠地有声再落入黑暗的袋中。

蝉在袋中还能闷闷的呻吟，但活不多久。

全部过程分毫不差。我做过同样的事情，那卖卜者在他家的老柳树下大概也做过。

他怔怔的看那棵沉寂了的树，忘了喷烟吸酒。他在想他的童年吗？

不是。他对我说：

"负屈含冤的人是不能叫喊的，你看，这就是喊冤的下场。"

他的名字并不是曲园。一天夜晚,江防部队的一个班长来到我们寄宿的村子里,手里扬着一张字条,问大家:"认不认得这个人?这是他自己写下来的名字。"我接过来一看,上面两个大字:"屈原"。

屈原,曲园;曲园,屈原。原来如此!这人是不是很脏,头发很长,提着酒壶?是的,那么,我认识他。班长目光扫视,希望能再找出一个人来,他需要一个老成持重的中年人,可是除了我,别人都往自己的壳里缩。

我跟班长去他们队部,一路月明如昼。班长告诉我,那个名叫屈原的人夜晚沿江乱走,指手画脚,念念有词,好像在发什么信号;哨兵搜他的口袋,搜出三个制钱来,好像是某种暗记;带回队部一问,又好像是个疯子。

队部的军官见我半大不小,有些失望,既然别人都不肯出头,只有以聊胜于无的神情对我说:"我们知道他没有问题,可是照规定得有一个人保他出去。你这保人年纪小了一点,不过也没有关系,这只是一道手续。"我糊里糊涂地盖了保。军官叮嘱:"人就交给你了,你可别让他掉进江里喂了鱼哦!"

出了队部,我说:"屈先生,方向不对。"他说:"没错,我再去看看江。"刚才不是看过了吗,他说刚才没有看够。

我跟在后面。月光下,前浪后浪,使劲地搓洗,洗月洗树,洗三分之一的中国。江面上银蛇跳跃,他很兴奋,指着江面说:"看见了没有?波浪上有字。"银蛇也在他凸出来的眼球上跳动。

什么字?谁认识这些字?

他说:"天机!天机!"

他一面看江,一面快走,鞋子从脚上掉下来再穿上。走着走着,银蛇消失,在沉沉的江水中,那轮明月分外清楚,比天上的月还新还亮,仿佛这一江滔滔就是为了磨洗这月,从上游洗到下游,仿佛洗下来的锈和灰尘把这一江水弄浑了。他指着水中的月沉吟。

看见了没有?这是天眼。

我看像一条鱼的鱼眼,可以挖出来玩。

哪有这么长的鱼?

又哪有这么窄的天?

天地有时候很窄、很窄!他吁了一口气。

这时,江水忽然哗啦哗啦响起来。倘若江边只有我一个人，我会吓得回头跑。

天起了凉风，他说这不干风的事。每逢上游有人痛哭，眼泪落在水里，下游的水就喧哗。他说。

你什么事都知道！

都是没有用的学问。

我们横着看江。他一转身，看江的上流，逆水行舟的方向。这可不得了，江水涌到我们脚下，我几乎站不住，要跪，要仆。在混沌的宇宙中，地球在发热，有什么从江底下孵出来，地壳要沿着这条缝裂开。

很巧合，他在这时问我：

"地球有一天要爆炸的，是吧？"

我也听人这么说过。

"如果地球炸碎了，碎片落下来，究竟落到什么地方去？"他挥动旱烟袋的长杆指天画圆。"往下落，往下落，一直往下落，究竟哪里是个了局？"

我说，天文学应该有答案。

"天文学有什么用！"

忽然有了秋意。敞露胸膛的他，打了个喷嚏。他忽然面对江流，朗吟起来，声音比他的喷嚏还响：

中央公路

天河漏

我是为命

你何故?

这算什么?他又打了个喷嚏。我说回去吧?他不理我,继续朗诵给水中的月听,非常激昂:

鲸鱼彩尾

偷喝油

摆在浑水

搓和洗

这又是什么话?难道他真的疯了吗?我坚持该回去了,再不回去,得了感冒怎么办。

今天晚上,只有你这句话有用。他认为。

我替他拿着烟袋。他把手伸入袋中,摸索了一阵。我想他是在玩味他的古钱。他向着明月,伸开手掌,三枚古钱排开,在月下显出清楚的轮廓,坚韧的个性。他把手握紧,再伸开,古钱翻了个儿,历劫不磨,古意盎然。

然后,他一扬手,三枚铜钱飞向江心,看不见落点,也几乎听不见那蟹眼似的声音。钱如飞雪,融入。

这是为什么!

走吧,我们回去。走了一段路之后,他接着说,当你第一次看见井中有月,你就该知道世上没有奇怪的事情。

奇怪,难道他真是活神仙?第二天,一阵风雨,吹破了树上的招贴,吹散了树下的人群,吹哑了蝉,吹冷了江。也吹来一阵兵革杀伐之音。

人群挤在大风中等渡船,不见那个卜者。有人对他同伴说,这江是数一数二的名胜,我还没好好地看它一眼呢!他的同伴说,看什么!搬也搬不动、扛也扛不走。

看江去!说不定遇见那卜者。也是注定我们还有一面之缘,远处,他紧挨着江水走,挤那江,把江挤弯了,把右脚的鞋子挤湿了。一阵狂风从对岸吹过来推他,怎么也推不开。旱烟袋还在手里当杖用,酒壶却不见了。我忽然有个想法:他怎么可以没有酒壶!没有酒壶怎么活下去!

走了一程,他转回头来,换个方向,用左肩挤那条大江,这回连左脚的鞋子也湿了。江是不会让步的,他似乎也不会。

我回身虚指一下:码头在那边!我以为他在找船。

他定睛看我,用考试的语气问:

我是谁?

对啦!他是谁?

你不姓屈,对不对?

老天对屈原不错,让他姓屈。屈原要是不姓屈,那就没意思了。

我白白顶个屈字,屈原,没有粽子,也没有端午。

他说:可惜我那些诗……

我只好去挤渡船。过江纵情看江,风高浪急,前浪急于摆脱后浪,整条江急于摆脱大地。春江如油,夏江如绸,秋江如酒,冬江呢?昼江如军,夜江如魂,雨江如琴,雪江呢?我不忍想像披一件夹衣露着胸膛皮肉如何过冬。我在江上已觉得有髓无骨,有血无管。江中满月,苍天独眼;江中满星,苍天复眼,天看江江望天,看到的也仅是自己。

许多年后,我读《天问》,发现:

中央共牧

后何怒

蜂蛾微命

力何固

惊女采薇

鹿何佑

北至回水

萃何喜

是了,那夜月下,那卖卜者临江朗读的,原来是这个!

是的,没用的学问!

我不是找人,我不找他,我知道他在那里。我仔仔细细的思念他,是因为你来信提到有用的知识和没用的知识,这层意思他早说到。你们一老一少,一男一女,一个革命一个逃亡,一个念天问一个念资本论,竟有如此共同的认识!

积累知识原也艰难辛苦。知识的金字塔,可能在一张标语之后,一阵锣鼓之后,立即化为垃圾。这时我们心中都有一只蝉,或一只须眉毕现的透明的蝉蜕,这时我们就需要拯救。旧时月色,如对前世,可惜少个卖汤的孟婆……

那个二十年,我经常隔着海峡听锣听鼓听风听雨,想政治运动如江水洗你搓你。早起,花上有露,露上有朝曦,朝曦中有窗,窗下有长发,发下有肩,肩下有臂,臂下有指尖。你用左手剪右手的指甲,再用右手剪左手的指甲。老一辈常说,每天掌灯以后不可修剪指甲,人的灵魂藏在指甲缝里休息度夜。你总是任性,独行其是,令我提心吊胆。你的灵魂究竟在哪一个指甲缝里寄宿?会不会被剪刀弄得成残成伤?它够不够敏捷,有没有先见,能不能及时闪变腾挪,躲锋躲刃躲梳躲篦,躲过一劫又一劫?看你剪下来的月牙儿般的指甲,花瓣儿般的指甲,我梦见灵魂的残肢。直到第二天早晨,再见你完整如旭日,健康如朝晖,才悄悄放心。

这就是我在锣声鼓声中的反复祈祷。

你也许认为我该剪去无用的知识,如同剪掉过长的指甲。

可是,如何才不至于剪断我的灵魂?谁来替我断这一卦?

梦,哪一个是真的

我沿着小河喊你。这是哪一年的事情?你把一片草叶弯过来做船,轻轻下水,看它缓缓航去,翻覆,或是失踪。一件又一件,你替平静而寂寞的河面增添事故。我沿岸替你找合用的草叶,蓦回首你已不在岸边。这是哪一年的事情了?我沿着河岸喊你,在回去的路上喊你,由大门外喊到门内,由前院喊到后院。我相信未沉的草叶船,未眠的蟋蟀,未谢的夫妻花,都听见我喊。没有回应。不知为什么有些恐慌。一脚踏进书房,里面有个人,可不就是你?你坐在椅子上看苏雪林的《棘心》,一脸俨然。你就在书房里面,里面静得像太古。这是你吗,里面这气定神闲的人是你吗?怎会听不见我的呼喊?

回头望院中，风在方砖上撒灰尘，小草在两砖之间挤窄门，墙角的丛竹越长越黄，学着做伪君子。院子里并没有我的喊声。我到底喊过没有？

今天我又有同样的疑惑，历史决不重演，但是人的感觉往往相似。我想找人，我有许多人要找，我把许多许多事情告诉了你。我是倾心吐腑地写，字斟句酌地写，漫天铺地地写，写给你看。可是，你怎的不置一词？你岂可置若罔闻？那些有关找人的事，我到底写了还是根本没写？

今天想起很多恍惚，世事恍惚如风中火焰。又是哪一年？日本兵要来，大家逃难，我抱着一本书，硬面精装，沉沉如砖如石。人人说带书做什么？我死也不肯松手。你常常看那本书，每隔几页就微笑一次，书合起来，微笑就夹在里面了。那是哪一年的事了？我还小，带着那么厚的一本书嫌重了，太重，只好把封面撕掉，太重，只好再把目录撕掉。一路撕，越撕越薄，撕下来的书页随风飘散，不似落花，不似落叶，不似风筝，不似蝴蝶，像甩掉了我自己一只手。最后剩下两百多页，我怎么也不肯再撕，这一部分你最爱看，你留在里面的微笑最多。可是，这最后留下来的精华，后来又怎么样了呢？记忆真的那么可靠吗?

不,记忆还有另外的版本。仿佛是,事情并不顺利,有人铁青着脸跑过来说,要是风把书页送到日本兵手里那可怎好?要是日本兵把它当做抗战的传单,放出骑兵来大事搜索,那还得了?不管这上面印的是什么,白纸黑字总是祸根。这玩艺儿一定得烧掉!全体色变,立即有人掏出火石火镰。说起来那年月火柴也普遍了,何至于还用这古老的法子取火呢?再三寻思,依然清楚,干燥的纸媒在热空气中一沾就着了。烈日下看火,火无色,灰随风飞,热地上没有焦痕。抬眼望去,那样坚硬的路,蹄痕辙迹全没有,一直伸向远山,山是稀薄透明。千真万确,一切历历在目。

那天夜里在井旁宿夜,梦见我把那本书藏到井底下去了。虽然一页也没撕,仍嫌不够沉重,特地拴上一块石头,石头还有孔有窍有皴有苔的,很可爱。多少因循、多少苦闷、多少徘徊换几个真善美。他日重过此井,书是捞不起来了,喝几口井水再走吧。多少牺牲、多少埋没、多少残毁剩几个真善美。井里多了书香,喝水的人有了灵感,明月照见井底的诗,泉水通往汨罗江的鬼。杂乱无章,一夜碎梦。

有一天,我忽然告诉自己:恐怕错了,那本书好像并没有烧掉,你确确实实把它投进井里去了,而烧书乃是一梦。于是记忆马上重组,我投书入井的时候唯恐村人听见声响,伏在井口向着井底尽量伸长两只胳臂,几乎连身体也坠落下去,难道是梦?松了手,屏住呼吸听,又觉得下坠击水的声音太小,不能掩住我的心跳,怎会是梦?事后看井水,全井黑亮,好像所有的文字已还原成墨汁,这好像是梦了,难道由于这个原故全部经过才错综成梦?

仔细想想,好像投进井里比较可靠,用火石火镰取火烧一本硬面烫金的精装书不合理,说不通。可是,怎么又有个印象,那次逃难结束回到家中我还读那本书?逃难途中有人说,日本军队派人到每一个村庄去朝井里丢个药包,使中国人全都病倒床上不能抗战,你千万不要引起村人的误会。这话到底对我发生了多大作用?

不错,回到家里,我还在翻阅那本书,书上说,有个人从战场上归来,一条腿被炮弹炸飞了,他后来一直思念原来穿在脚上的那只靴子,因为靴子里藏着他的钱。不想腿想靴子?太讽刺了吧?这时我抬起眼来正好看见一个独腿的人坐在对街晒太阳,我吓了一跳,难道他是从书本里走出去的?这个印象太深刻了。他坐在那里想什么?倘若连靴子也没有,或者虽曾有过靴子但无钱可藏,他还有什么可想?哪一种人生较好?哪一种更坏?

也许,有关断腿的一切,是我时过境迁、思乡怀旧的一个梦。同样一件事,内容断续因果矛盾的梦我做过很多,有些梦不免和事实混淆了也把往事扭曲了。在那流亡途中、忘了名字的地方,一个同学蹲在河岸上大便,面向流水,猪闻香而来,从后面拱他,一下子把他拱进河里去了,而今想想,这是真还是梦呢?在那忘不了名字的地方,战火烧掉半个村子,烧到一堵土墙旁边,无缘无故熄灭了。火舌在那堵墙上又描又泼,俨然完成了一幅壁画,村中的惊魂奔走相告,指出那是救火的观音。咳,这是梦,还是真?

谁能指出哪个是梦?谁能断定哪个是真?历史密封太严太久,记忆发酵成醋成酱,而我皓首穷经研究把酒还原成葡萄。看样子,对那些被死亡腌过的人,你是一点兴趣也没有了。这不像是你。这世界每一样东西都像是另外一样东西。人的白齿像雪。高空飞行的喷气机像一枚敲进去的钉子。树像鸟,鸟像坠石,石像肿瘤。新草如剑,新芽如婴,新愁如未熟之酒,新怨如未驯之驹。烛光下如仅可容身的洞穴,立怕碰头,坐怕伤膝;烛焰左撇右捺上挑如笔,写人间不平。一行树如一棵树步步由清晰走入模糊。样样东西都像是另外一样东西,组合如此无理,世界遂奇异起来。

我或者是在思念我那一去不返的靴子?你或者是那烟火模糊的观音?

第三部 江流石转

中国在我墙上

你用了三页信纸谈祖国山川,我花了一个上午的工夫读中国全图。中国在我眼底;中国在我墙上。山东仍然像骆驼头,湖北仍然像青蛙,甘肃仍然像哑铃,海南岛仍然像鸟蛋。外蒙古这沉沉下垂的庞然大胃,把内蒙这条横结肠压弯了,把宁夏挤成一个梨核。经过鲸吞以后,中国早已不像秋海棠的叶子。第一个拿秋海棠的叶子作比喻的人是谁?他是不是贫血、胃酸过多而且严重失眠?他使用的意象为什么这样纤弱?我从小就觉得这个比喻不吉利。我太迷信了吗?

我花了整整一个上午。正看反看,横看竖看,看疆界道路山脉河流,看五千年,看十亿人。中国,蚌壳一样的中国，汉瓦一样的中国，电子线路板一样的中国。中国供人玩赏，供人考证，供人通上电流任他颤抖叫喊。中国啊，你这起皱的老脸，流泪的苦脸，销镪水蚀过、文身术污染过的脸啊，谁够资格来替你看相，看你的天庭、印堂、沟洫、法令纹，为你断未来一个世纪的休咎？咳，我实在有些迷信。

地图是一种缩地术，也是一种障眼法。城市怎能是一个黑点，河流怎能是一根发丝，湖泊怎会是淡淡的蛀痕，山岳怎会是深色的水渍。太多的遮掩，太多的欺瞒。地图使人骄傲，自以为与地球对等，于是膨胀自己，放大土地，把山垫高，把海挖深，俨然按图施工的盘古。每一个黑点都放大，放大，放大到透明无色，天朗气清，露出里巷门牌，让寻人者一瞥看清。出了门才知道自己渺小，过一条马路都心惊肉跳。这个上午我沉默，中国也沉默，我忙碌，中国稳坐不动，任我神游，等我筋疲力竭。

现在，在我眼前，中国是一幅画。我在寻思我怎么从画中掉出来。一千年前有个预言家说，地是方的，你只要一直走，一直走，就会掉下去。哥伦布不能证实的，由我应验了。看我走过的那些路！比例尺为证，脚印为证。

披星戴月，忍饥耐饿，风打头雨打脸，走得仙人掌的骨髓枯竭，太阳内出血，驼掌变薄。走在耕种前的丑陋里，收获后的零乱凄凉里，追逐地平线如追逐公义，穿过夸父化成的树林，林中无桃，暗数处女化成了多少喷泉，喷泉仰脸对天祈祷，天只给她几片云影。那些里程、那些里程呀，连接起来比赤道还长，可是没发现好望角。一直走，一直走，走得汽车也得了心绞痛。

我实在太累，实在希望静止，我羡慕深山里的那些树。走走走，即使重走一遍，童年也不可能在那一头等我。走走走，还不是看冬换了动物，夏换了植物，看最后的玫瑰最先的菊花，听最后的雁最先的纺织娘。四十年可以将人变鬼、将河变路、将芙蓉花变断肠草。四十年一阵风过，断线的风筝沿河而下，小成一粒沙子，使我的眼红肿。水不为沉舟永远荡漾，漩涡合闭，真相沉埋，千帆驶过。我实在太累、太累。

说到树，那天在公园里我心中一动。蟒蛇一样的根，铁铸石雕一样的根，占领土地，竖立旗帜。树不用寻根，它的根下入泉壤，上见青云，树即根、根即是树。除非砍伐肢解，花果飘零，躯干进锯木厂，残枝堆在灶口。

那时根又从何寻起,即使寻到了根,根也难救。

我坐对那些树,欣赏他们的自尊自信,很想问他们:生在这里有抱怨没有?想生在山顶和明月握手?想生在水边看自己轮回?讨厌、还是喜欢树上那一伙麻雀?讨厌、还是喜欢树下那盏灯?如何在此成苗?如何从牛蹄的甲缝里活过来?何时学会垄断阳光杀死闲草?何时学会高举双臂贿赂上帝?谁是你的祖先?谁是你的子孙?

湖边还参差着老柳。这些柳,春天用它的嫩黄感动我,夏天用它的婀娜感动我,秋天用它的萧条感动我。它们和当年那些令我想起你的发丝来的垂柳同一族类。它们在这里以足够的时间完成自己,亭亭拂拂,如曳杖而行,如持笏而立,如伞如盖,如泉如瀑,如须如髯,如烟如雨。老家的那些柳树却全变成一个个坑洞。它们只不过是柳树罢了,树中最柔和的,只不过藏几只乌鸦泼一片浓荫罢了!

你很难领会我的意思。我们都是人海的潜泳者,隔了一大段时间才冒出水面,谁也不知道对方在水底干些什么。在人们的猜疑编造声中,我们都想凭一张药方治对方的百病。我怎能为了到峨眉山上看猴子而回去。泰山日出怎能治疗怀乡。假洋鬼子只称道长城和故宫,一个真正的中国人,他的梦里到底有些什么?还剩下几件?中国,伟大的中国,黄河九次改道的中国,包容世界第二大沙漠的中国,却不肯给我母亲一抔土。我不能以故乡为墓,我没有那么大;我也不能说坟墓是一种奢侈品,我没有那么小。我哪有心情去看十三陵。

《旧约》里面有一段话:生有时,死有时;聚有时,散有时。你看,我的确很迷信。

红石榴

这里有个离家四十年的华侨要回去看看,我问他最想看见什么,他说:"啊,很多。比如说,小时候,日本打进来了,我家搬到乡下。我记得村头上有棵树,树底下有只狗,每次经过树旁,狗就跳起来向我狂吠。那是夏天,太阳能烤焦人的头发,狗也怕晒,张牙舞爪总不离开树荫,就像树上有根绳子把它拴住了。我常常撑把伞看它表演,等它累了丢东西喂它。后来我们变成朋友,我坐在树底下乘凉,它睡在旁边。后来我们搬走,狗跟在后面送,送了好几里路还不回转,我伸手拍它,一身毛在烈日下滚热烫手。我心里好酸,那是我第一次知道什么是心酸。……现在,狗自然是没有了,可是我一定得去看看那棵树。"

我对他说但愿那树健在。我说这才是中国人，土生的中国人。我说我心里也有一棵树。这棵树跟你有关，既然告诉了他，当然不该再瞒着你。

我家城外有座小山。我读高小一年级的时候，全体高年级学生前往登山远足。小学生能够步行到达的地方应该不会太远，小学生能够攀登的山应该不高。不过那山的高度在我梦中年年增加，山一高，跟小城的距离自然也一年比一年拉远了。"一片孤城万仞山"，我还是能够清清楚楚看见山顶上的一座庙，庙后面的一棵石榴。

山上多半有庙，庙后多半有树，庙后种石榴却不多见。说来迷离恍惚而又千真万确，我登上山顶时全身大汗，却见那树倾身向阳，红着脸等待奉献。树上仅有一个石榴，又红又大，光彩夺目，给我的印象十分深刻，所以，后来我学成语"硕果仅存"的时候没有丝毫困难。我抢步上前，以篮下接球的姿势攫住它，那是我今生今世最敏捷的举动。石榴藏在书包里，等机会送给你。

这件事似乎艰难。不止一次，我的手伸进书包里了，我抓牢那石榴了，我的脸也像石榴一样红了，话是冲到嘴边了,仅此而已,一个轰轰烈烈的行为黯然夭折了。整个夏天这样过去,终于,你到我家做客,一时兴起,你翻看我的书包,我慌张拦阻,你灵巧的突破了我的防御。你发现了我的收藏。这时,我才知道它瘦了,黄了,有的地方残缺了,有的地方腐败了。我的脸上有了另一种红,心中充满了疼惜。你呢,完全不知道我的感觉,既怜悯又不屑地说:"哟,怎么留着个烂石榴!"甩手把它丢进了阳沟。

你结束了我一夏天的恍惚不安,留给我一秋一冬的怏怏。那树印在我童年的底片上,停止生长也停止毁灭,青天灵明,任它振翅欲飞,任它降落尚未着地,浓绿四溅,带几点星星之火。那果,那仅存的硕果,在梦中大如新坟,无刀可切,无口可咬,千真万确。年年有梦,山越来越高,人越来越小,隔着山,山那边的地平线淹没了你,山这边的地平线涂掉了我。我仰起脸踮着脚尖还能看见那棵树。

我暗想:如果那棵石榴还在……

那棵石榴树进了大炼钢的土高炉,无人能倒退还原。这个消息使我身上又少了几磅中国血肉。唉,与其后来发许多文告，何如当初多留几棵树。

一棵树，左右不过一棵树。像蚌爱惜珠，像孕妇忘不了胎儿，英雄不屑，英雄不齿。我们不是线条锐利棱角清晰的人，不是抢到上游洗脚站在上风呼吸的人，也不是见人流血马上找显微镜的人。我们难满足。上帝打发黄巢离家上路只给他一把宝刀，上帝要使我们回家安居却得借《水浒传》开张清单："太平天子当中坐，清慎官员四海分。……"谈何容易！

有些树是要被人遗忘的。有些人也是。人人感谢母亲，几人想到还有收生婆？山以虎灵，不以草灵。地方志不为草立传，对熊罴立传，看虎熊踏草而无意见。我历经七个国家，看五种文化，三种制度，到哪里都一样，因为人性一样。我也必须忘记那些树吗？

这是一个换心的时代。我该有几把心肠、几套记忆呢？怎样把不该记得的事情忘掉呢？既要热爱，又要冷酷，既要刻骨铭心，又要健忘，我如何达到标准呢？有没有一套课程、一种训练，像瑜伽那样，可以使我把事物倒过来看？有没有一种机件，像电脑的软体一样，可以轻而易举的完全否定昨日之我？

赤条条来，易，赤条条去，难。到死始知万事空？倒也倒不空，挖也挖不空。我忘不了的那几棵树，几个人，几处地方，几支歌，几件事，之类等等，你就让我记着吧，算我做梦，算我造谣，算我发高烧！

你不能只用一个比喻

你说,中国是我们的母亲。不错。这虽是别人画的五线谱,但我喜欢你拉的提琴。中国是我们的母亲,母亲母亲母亲母亲,调子传到外面有变奏。昨晚有个朋友在我家说:"中国是我们的母亲。"另一个朋友马上接口:"你们看见了没有?报上有篇文章,开头是'中国是我们的母亲,可是,周围都是拿枪的父亲。'……"第三个朋友忽然仰天狂笑,笑得人人变色,问他笑什么,他说痛快痛快,在外头茹苦含辛就是为了能够听到这样痛快的笑话,就是为了听见笑话你能痛痛快快的大笑。……中国是我们的母亲。听了你的独奏之后我回想那在海滩上看天足、坐在防波堤上想中国的日子。母亲母亲,回想之中有回响。有人自问自答：中国大陆是我的母亲吗？我觉得大陆是我的父亲，台湾才是我的母亲。大陆使我逃家，台湾使我有家，美国使我成家。有人反问：中国是我的父亲吗？好像不是，美国是我的父亲，中国是我的祖父。母亲呢，母亲是没有的，哀哀，我们没有母亲，哀哀，大陆生我，台湾育我，美国用我，没有人爱我。……

母亲。马靴和马靴之间空隙里的母亲。刺刀鞘和枪托分割的母亲。把视线搓细压扁拧弯，捕捉一手半脸几绺头发拼图成像的母亲。母亲千手千眼千乳，容十亿人抓爬践压，天演律推动十亿人口如陀螺起旋风将母亲磨瘦。光天化日，流星下坠如霰，无色无光，母亲睁大了眼睛也看不见。母亲忧伤的望着一个考古学家，考古学家忧伤的望着半截残碑，希望那断掉失踪的一半能生长出来。夜半那考古学家偶得一梦，梦见古墓裂开，死人坐起，朗朗背诵全部碑文。考古学家狂喜，因狂喜而心肌梗塞，而溘然长逝，夜尽寿尽，他考古的成就随着死去。他的墓前也立着半截残碑，千年后又添多少困惑。

中国是我的母亲。可惜人心太复杂，你不能只有一个比喻，不能只下一个定义，不能只用一套形容词。在这方面你也不可以设一言堂。我要告诉你一首歌,你从未听过的一首歌,但愿你能听懂。你从未想到世上有这样的歌,但愿你能包容。

> 台湾是我的家
> 大陆是我的梦
> 美国是我的战场
> 何处是我的坟墓
> …………

可是有些人不这么唱,他们把自己加进去:

> 台湾是回不去的家
> 大陆是醒了的梦
> 美国是打不胜的战场
> …………

有个人匆匆路过,听到这首歌,蓦然停止,昂然说:"对我而言,大陆是回不去的家,台湾是醒了的梦。"又匆匆行去。

你看，这就是人，他们彼此不同，他们全体又与你不同。人人唱自己的歌，几时我也能唱你的歌、你也能唱他的歌？几时我们能为别人的心声神往沉醉？这时代，每一种歌只是一种咒语，别人不懂，也不希望别人能懂，更不希望也懂别人。人由上帝草创，人们互相增删润色，你画我的皮，我画你的皮，画好了，恨不得嗤嗤撕碎。人在恨恶另一个人之前几曾想过他如何影响了那人伸手参加塑造了那人推动了那人？几曾想过那可恨可恶的人掺有他的功德罪恶和形象？

所以，母亲，我们需要母亲如病需医，如渴需饮，如疲倦需梦，如音乐需琴，如夜需星月，如计算机需电流。恕我直言，天地欠我母亲，英雄还我母亲。恕我直言，选美会不能医治失恋，老人院不能弥补失怙。母亲，母亲，身为失踪的游子，这呼唤声里有我们的权利和尊严。你、万万不可以、认为这呼声暴露了我们无可救药的弱点。母亲，我们共同的母亲，我们在她膝下合唱新歌，你、万万不可以、认为网罟中已经有了猎物。可怜的母亲哪！你可以使我心痛，不要使我心碎；可以使我失望，不要使我绝望。

今夜星稀，万户沉沉而天线独醒，电波如梭，编织战争与和平。我们分别礼拜、共同祈祷，为神话而努力，向预言负责。我们为预言吃苦，向神话找安慰。向前看、预言是雷，向后看、神话是雨，雨化雷雷化雨多少轮回。身为男人、去关心别人的妻子，难；身为女人、去爱别人的子女，难；身为游子、去爱别人的父母，难！在我心目中母亲总是低眉垂目而坐，告诉我，怎样分辨母亲的左手右手，母亲现在是双眼皮还是单眼皮？

勿将眼泪滴入牛奶

我的生日？你问我，我还正想问你呢，问你可曾仿佛听过模糊记得我生在哪一天。近来想起不少童年往事，其中没有一组音符一抹颜色一刻触觉味觉跟"过生日"有关系，不管是我的生日还是别人的生日。我好像来自一个没有时间观念的世界。我看自己如看满天乌云。

倒有过几个不是生日的生日。我从十几岁就为家里赚钱，那时找工作最容易的地方是军队，但军中的人事作业手续十分麻烦，于是，张三走了，并不开缺，找李四来领他的那分粮饷，做他的那一分事情，万一上级单位来检查，李四承认他自己就是张三。这叫做"顶名字"。我曾经到处顶名字，反复熟记别人的年龄籍贯出生日期，常常觉得本来的"我"已不存在,对于"生日"那种口含通灵宝玉的感觉也逐渐丧失了。

生日是我的隐衷。到了我在官方纪录上必须有个生日的时候,我的羞惭好像被那户籍员一下子捉住了赃证。那人倒有老吏之风,断然解除了我的窘迫,他说:"写四月四日好了,四月四,儿童节,容易记;男儿志在四方,含义也很深。"言犹未了,落墨定案。我茫茫然接受了这个生日,那天我整天吃东西都酸。

我有一个生日是为了别人办事方便。你怎会没有生日呢?一千个人问。你不是莎士比亚,生日怎会失传?你不是耶稣,生日怎会出于假定?一百个人问。他们忘了多少年轻人自己不知生时,多少老年人别人不知他的死时。志在四方,四方无方,都是方向,也都不是。有中之无,醒中之醉,生长中之流失。一个不知道自己年龄生日的人会是一个可靠的人吗?别人疑我,我也自疑。四月四日!我像孵丑小鸭那样孵这个日期。我恨不得是树,砍断躯干察看年轮。

没有生日的人更如一梦:梦见四面都是黑板,上面写着黑字,要细心看才看得见。梦见钻进黑色的火药堆里,自己把引线点燃了。梦见夜间在崎岖的山路上行走,大雨倾盆,雷电照路,全凭这瞬间一闪,加上胆子,加上运气。有时候,你就是我的青光闪闪,把我照成透明的玻璃人,摔不碎的玻璃,任人敲打,和同类比赛响声。你给我许多格言,格言是空空的汽水瓶,是谁把里面的饮料喝干了?空瓶有用吗?你给我的最有用的格言乃是"勿将眼泪滴入牛奶"。

因没有生日而想到生命。生命起初是白纸,后来是重新油漆过的白板。生命是琴弦上的灰尘,追逐音符瞎忙白忙。生命是遥远的无人相信的那一分思念。生命是银幕上的蚂蚁,历经荣华幻梦兴亡血火没有被剑尖挑起来。生命是空气中有原子尘,食物中有防腐剂,土壤中有化工废料,岁月镶金镀银,恍惚惊心。我的生命始于写出第一篇文章,终于再也写不出文章。

有时我想任何人不能自己纪录出生的日期,"生日"是别人告诉他的,而他相信了,就对这个日期产生感激感动神秘神圣,会由母难想到化苦为甘光前裕后。以任何一点为圆心都可以画圆。耶稣的生日也是因需要而发明的,可是圣诞节的普天颂赞可以很虔诚。只要信。如果我能努力相信我的日子,日久成自然,真与假之间不就混合无迹了吗?为什么老是记着它是假的呢?

它是假的。我忘不了。这是我的弱点。我对一切权宜、假定、预告都不能一心扑上去,这样,做好一个现代人就有困难。格言是空罐,罐中饮料已被人喝光,预言也是空罐,某种饮料还没有装进去,你是守着哪一种罐子的人呢?我想,你的生日一定还不需要由别人向壁虚造,我应该在哪一天寄贺卡给你?我的出生年月日是一个笑话,请你在地球的那一半微笑,我在地球的这一半想像你的笑容。

分

天下大势合久必分。魏蜀吴鼎立争雄,诸葛一门三兄弟分别在三个国家作官,三个人不通音问。东吴派诸葛亮的哥哥出使蜀国,诸葛亮在外交会议之外没跟他哥哥说过一句话,除了国宴之外没请他哥哥吃过一餐饭。我读这段记载替诸葛亮难过,恨他弟兄三人未能共事一主。不行,一门三杰同朝为官,说不定皇帝哪天灵机一动认为发现了一个"三人帮"。最好他是独子。不行,现在大家正批"一胎化",人没有兄弟姐妹是一种残缺,也许就因此成不了大器。这也不行,那也不行,一声无奈了之。

分字底下一把刀,有形的刀之外还有无形的刀。你还记得吧,冰心有篇文章题目就是"分",在妇产科医院的婴儿室里，人和人都差不多，进了幼稚园就显出许多差别，以后年龄长大境遇各殊，人啊人就截然不同。那时，冰心的想像力还不足以"假设"两个人分别在两种相反的社会制度里生活四十年，她的那篇文章已经令人够伤感够无奈了。

诚如你所说，外面有很多人回乡探亲。我在外面常常访问探亲归来的人，希望分享他们的见闻感受。有人告诉我还乡五部曲，乍见是哭哭啼啼，接着是说说笑笑后来是争争抢抢，最后一部竟以吵吵闹闹了结。"哭哭啼啼"是延续未分之前的心态，但他们不久就发觉既分的事实，你定了你的型，我定了我的型，积不相容。怎样再合起来呢，什么时候才合得起来呢，回答竟是"死"，人躺在太平间里也个个差不多。咳，这简直是恐惧了。

通信是具体而微的还乡，是一种"摹拟"。你费了许多心血查出亲友的住址，亲友也十分盼望收到你的信，第一封信的确真情流露，从第二封起开始递减折旧，到后来许多话都谈不下去。有一个人想他的好朋友想了几十年，好容易联络上了，现在的情况是，他的好朋友发奋研究谜语，每次写信总是抄几条谜语给他，也许这是避免

"吵吵闹闹"最好的方法。

记得当时年纪小,我们谈天可以由早晨谈到中午,又由中午谈到晚上。怎么忽然又来叫我们吃饭?不是刚刚吃过午饭?怎么这么快又吃晚饭了?大人笑我们,小小年纪哪来那么多的话?长大了、留洋回来,岂不更是谈个没完没了?而今我们读过多少有字无字之书,我们一年的见闻抵得上前人一世,我们多少感触、多少激荡、多少大彻大悟、多少大惑不解,三山五岳走遍,欲言又止。

当初我们一面谈天一面发现我们所知道的完全相同。不错,冰心是海洋文学家。不错,鲁迅本来是学医的,但他不愿意做医生。不错,樱花象征日本的武士道精神。不错,日文虽然夹杂汉字,那些汉字多半已经不是中文。怎么我知道的你也知道!怎么你知道的跟我完全一样!我们如同在未知之境相遇,既欣喜,又震惊。

现在呢,使我张口结舌的是彼此不同。我们在山顶相遇,然后一个从山南一个从山北找路下山。谜面是一个,你有你的谜底,我有我的谜底。我们一同下棋,却不守同一套规则。我们一同祷告,却不奉同一个上帝。我们演一部戏,两种结局。我们谈江、不能谈到海,谈海、不能谈到雨,谈雨、不能谈到云。我们只谈蚕、避开丝,只谈丝、避开绸,只谈绸、避开纺织。一根根很短的线头,织不成布,线头稍一延长就会打结。一棵树在我们而言只是年轮。

分。有形的刀和无形的刀。无奈的人生。要是诸葛家的人也有私交,他们怎么谈荆州呢?他们怎么谈赤壁呢?诸葛神卦也许早已算到美国发生南北战争林肯总统的儿子加入了南军。也许早已算到纽约有一家中学,中学里有个历史老师,这老师在课堂上讲到瓜分波兰的时候,从德国来的交换学生从苏联来的交换学生还有从波兰来的交换学生都说"我们的历史课本不是这样讲的",他们三个又各有各的说法,于是有一场小小的争吵。

分!我怕这个字。记得读中学的时候,讲授生物的老师实验"再生能力",把一个软体动物切成两半,丢到水缸里养着,它们悄悄的(我想也是痛苦的)再长出一半来,两团黏糊糊的东西生活在一汪水里懵懵然互不相识。这个样子的再生实在够悲惨。

生命如对联,"绝对"固然精巧,但也注定了只有一半。当年辞别教我读四书的老夫子,老夫子没忘了我的功课,他说,"有个上联你对一对:桃花太红李太白。"我在这方面天资一向很低。"对不出?你记在心里,哪天有了下联,写信告诉我。"呜呼夫子,下联至今没有,也许永远没有。

我的一九四五呢

我们曾经是冰心的小读者,因冰心爱海而向往海,因冰心怜悯老鼠而喜欢老鼠。我们幻想如何像冰心一样站在甲板上,靠着船舷,用原来装照相底片的盒子装些诗句丢进海里,任它漂,任它被一个有缘人拣去。想想想,我把眠床想成方舟,把家宅想成一片汪洋。

等到我在远航的舱里有一张床,我爱恋甲板,爱看船头切开大理石一般的海面。造船的人最懂得怎样节省空间,造监狱的人也是,坐船使我有近乎被囚的忧郁。我也想把诗句写在纸条上,塞进装胶卷的空盒里,许个愿,丢下去,但是我知道那种白铁皮做的盒子不能抵抗海水侵蚀,不等漂到岸上就穿孔溃烂了。我的一丁点儿知识杀死风景。

若干年后我看到记载,海漂乃是一门学问。海漂用的瓶子不透水,也不会在礁石上撞碎。瓶子下水要分季节,选地点,因为海流是有方向有路线的。有只在北半球下水的瓶子,四十年后才被南半球的人拣起来,瓶子里有字条,字条上有姓名地址,于是双方通信,于是海漂俱乐部把这件事列入纪录。

这故事令我咄咄称奇而又啧啧称羡。一个人的通信地址到了四十年后居然还管用!怎么可能?一定因为人家没有"史无前例"、"触及灵魂",没有"扫地出门"、"隐姓埋名",没有清洗、改造、打碎。如果是我,我侥幸拣到你的瓶子,又怎能找得到你?能找到城市,找不到街道,能找到街道,找不到门牌,找到门牌,找不到你的窗子,找到窗子,你走不出来,我走不进去。

你想写点什么寄给我也是一样。

当初我想在纽约买几间房子弄个窝,房主说他的房子是一九四五年建造的,要看文件嘛,没保存下来。口说怎能为凭呢,一位老纽约指点我把马桶后面水箱的盖子掀起来看看,也许造马桶的工厂在盖子的反面留下年代。

一九四五年买来的马桶用到现在?非常可能?没换过?为什么要换?这倒比房子还值得看。我进了浴室,关上门,悄悄把水箱的盖子揭起来,捧到灯下,可不是?笔画清清楚楚凹下去,一九四五!我立时想狂喊,想狂饮,想狂奔,我的一九四五呢,我家哪有东西从一九四五留到今日!

这使我想起许多事情。

我想起我看过的一部电影,一个两国砍杀的故事。那时弧形宽银幕和立体身历声以电影技术革命的声势抬高了这部宫闱历史战争的大戏,金鼓动地,铁骑横扫,金堂紫宸仆地化泥,火比天高整座城像个喷火器。死亡和毁灭是那样一丝不苟的进行下去,直到银幕恢复一片干净白,剩下几只蚂蚁在边缘爬行。

我注视那留不住沧桑也说不出沧桑的蚂蚁,几乎成佛。那时我想起另外一些事情。

在"将军百战身名裂"的那年,我走入一个地方,左右两丛茅屋拱卫着一片瓦房。这是由大镇分出来的卫星村落,以一户人家为灵魂。我们到时,偌大家宅所有的屋子都空无一人,所有的房门都敞开,所有的箱柜都拿掉了锁。这是一个对战乱有研究对逃难有经验的人家。院子里的花刚浇过水。紫檀木的桌椅有石器风味,桌上半盏清茶犹温,摊着一本手抄的三字经,触目及处,是"周辙东,王纲坠,逞干戈,尚游说。"他走得果断而又匆忙。一只大手伸过来,抓起那个抄本,塞进背包里,指着墙上挂的一幅董其昌说:"拿着吧,等到太平年,卖掉了够你娶媳妇的。"我没理他,我压根儿没想到媳妇,我一直在想为什么这座家宅这样虚静,我知道了,宅主人先杀死了他的狗。

第二天再经过那里,董其昌不见了,门板上钉着铜钉的大门不见了,院子里的茶花不见了,翅膀一样的瓦檐不见了。连恭敬谨慎的茅屋也全没了踪影。昨天,用放映机射在银幕上的昨天,咔嚓一声关掉电源,今天把它收拾了,擦拭了,而我,是一只似有知似无知的蚂蚁。

唉,炮兵,战神的鼓手,擂那个村子。赤脚的汉子,缠足的女子,光屁股的孩子,从四面来,流成河,结成蚁阵,叮那瓦房的遗骸,把木料搬走,把砖石搬走,吸管一样吸尽一切可能有用的东西。一小块贫血的孤独的地面。各式各样的凶器来了,朝瓦房的地基下手,寸寸凌迟,翻弄皮下脂肪,找金肝银肺。这一切都在二十四小时之内完成。

从此,这个家庭成为海里的瓶子,漂着。他的通信处呢?通信处呢?

火车行驶了整天,每一站都拥挤着难民。每个人的眼睛往更远处看。他们的通信处呢?

战争在我眼里掺了沙子,直到今日,我常常看见异象。我从马路两旁一望无尽的旧货摊上看见大分散前夕的毁家摆卖,一家连一家,由铅笔刀到缝纫机,由斧头到耳环,由电话机到算盘,由棉被到饭锅,整个家庭搬到路边,除了房子。大件小件,给钱就卖,由买主随心出价。货摊后面孩子哭着要回家,母亲咬着嘴唇一脸凶狠,爷爷拄着拐杖来看心爱之物的下落,西风残照里,好像所有的物件都变了模样。大卖之后,这些家庭还有通信处吗?

变卖的不仅是家具。一个十四五岁的女孩,因为身上穿了一件新夹克对我们面露喜色。旁边一个中年妇女连声追问:"很便宜,要不要?"我还以为是问我要不要那件夹克呢,想不到是问要不要那个女孩。两个中年汉子停下来,抽着烟,隔着烟雾端详"货物",毫不避讳他们的意见,"这女孩太精明了,精明的女孩难脱手。"要懵懂，要懦弱，要找不到逃回去的路。他们把烟蒂丢在地上，踏熄了，一路看下去。落在他们手中的女孩还有通信处吗？

北美多枫，深秋枫红，整条街、整座丘陵、整片河岸，都有夕阳点燃的熊熊大火，这时我从外面回来，遥望火势，惊悸在心，在这痛快淋漓而又令人颤栗的燃烧之中，之后，我的家还有没有？还有没有？

有时我俯身掬水，看见水中的影子，为之悚然。是谁的头颅被砍下来了吗？——据说，人头落地时总是面孔向上，看头上还有天没有。我想，它们也许宁愿翻过来吧，把脖子的断痕留给天看，还不够吗？

我常常看见邮差，肥胖而蹒跚的邮差，黑瘦精悍跳着走路的邮差，文秀、但是挺高胸脯扮成女英雄的邮差。我想起海中漂浮的瓶子。

我们好容易有个通信处，而且拣到了几个瓶子。

而有人，像"赞美主"似的，嘴上挂着下一次战争。

人，不能真正逃出故乡

　　我找到了！我找到了！我——找到了我想念的人。坦白地说，我本来很绝望，来年的蝴蝶怎能找到去年的花。我读他们的信如读敦煌残卷，此心此情宜狂歌，宜痛饮，宜擂鼓，宜作雕刻。我要像婆娘一样大哭，像守财奴数钱一样细数今昔，像得手的小偷一样暗中安慰。从前，小时候，见过两个久别重逢的老头子互相抓紧，兴奋的叫道："老小子，你还没死啊！"我需要同样粗鄙的语言。

　　中国的人口毕竟由五亿增加到十亿，泰山虽然石多，缝隙里一线土壤即可成蚁穴。我不该设想他们早已死了，可是此刻，我不但觉得他们一一死而复生，连我自己也是再活一次。伴随着这种感觉而生的一个念头是，我们都仍需再死。他生未卜,此生未休,这一段奇异的人生如何度过?老师未教,牧师未讲,爱人未叮咛,朋友未切磋,父母未耳提面命。那流经我们心房心室的漩涡,书本上读不到,电视上看不见,书记未记,社论未论,考证未考。

失而复得真好。我们的一生由许多人玉成,缺少哪一个都不行,并不是缺少哪一个都行。而今,彼此通信已是铁打的事实,我仍觉恍惚,如醒中说梦,梦中说醒。树的倒影落在水上,鱼来吮吸鸟羽,但鱼不知树,树不知水,鸟不知鱼,鱼不知鸟。红漆漆过的棋枰上,马车兵卒仍然在,只是换了位置。世路如U,转一个大弯回到原处,但两端只能遥望,不能连接。

也许,必得我们互相抓紧,高叫老小子你还没死。不,乍见翻疑梦。也许必得比邻而居,两家共享一棵绿杨,晨昏听对方的鸡鸣狗吠。不,雪泥鸿爪最易泯灭。也许必得我们相处日久,生嫌生怨,伤心失望,悔不当初,那时才清晰明确摸到了耶稣掌心的钉痕。世事无非如此:遗失比拾得真实,拳头比红唇真实,饥饿比饱足真实。但那一天还遥远。在那一天来临之前,我们先享受过渡。也许,焰火的迷人之处就在它会熄灭,而熄灭之前无可取代。也许,焰火的美丽就在它背后有个黑暗的天空。

所以目前我满足,薄醉微醺似的满足。目前窗外正有冷雨,雨把小水点洒在窗上,挂在窗玻璃上的水点像个孕妇一样膨胀,下垂,贴着玻璃往下钻,钻进了以前水滴流过的轨道就慌张转弯,左冲右突想钻到窗子里面来。在他们眼中,海外游子大概就是这个形象吧。在我眼中呢,他们不是水,是水成岩,千层万叠合成一体,庞大坚硬永不失踪。岩上是海,海面上是漂浮的瓶子,瓶子里有"我欲乘风归去又恐琼楼玉宇高处不胜寒"。

这一次,我发现,人不能真正逃出他的故乡。任你在邻国边境的小镇里、说着家乡人听不懂的语言;任你改了姓名、混在第一大都市的一千万人口里;任你在太湖里以船为家、与鱼虾为友,都可以从你的家乡打听到你的消息。有一个村子,村中原来的居民全部迁移了、流离了,村中换尽与他们素不相识的人家,这些后来的住户竟能说出原有住户的行踪。原有的住户尽管到了天涯海角,尽管和昔日历史斩断了关连,也像有什么灵异祟着他附着他驱使着他,非向原来生长的地方挂个号留句话不可,即使那村子已经成为一片禾黍,地上的石头地下的蝼蛄也会对着来此寻亲访友的人自动呼叫起来。

不过这些人也是四十年没回老家了,也是近几年才跟老家的人通信。皇天在上,这些人也是辗转四方,为子女找生地,为自己找死地。我们都是靠自己的缺点活下来,理想化为钱币上磨损的人面,名声不过是升空飘摇的气球。不敢心忧天下,担忧自己的儿女,不敢谈泽被苍生,只偷偷打听几个朋友。蜗牛无须为没有房子住的人道歉。你不能希望老年的回忆等于年轻时期的想像,你只能希望老人的过去并不等于青年人的未来。

时代要每个人都做英雄,我们毕竟是凡夫俗子。四十年不回家的人必定有英雄气概,那一点归心即是凡心。浮生有涯,一语道尽,由常人变英雄,又由英雄还原为常人,造化拨弄,身不由己。每一次都变得你好辛苦。卸下头盔,洗掉化妆,再照个相,在大远景镜头下,我们是小蚂蚁,在大特写镜头中,我们是老妖怪,我们应该可以从这里找到共同语言。

冷雨如箭,还在敲响窗子,打翻野菊。不久,窗上的雨点将化为雪花。我知道,那时,同样的景色也将出现在

以你为中心的大地上,十里不同风,百里不同俗,但是我们有同样的冬天。关好窗户吧,一块儿度过:

　　一九二九不出手

　　三九四九凌上走

　　五九六九冻死狗

　　七九河开

　　八九燕来

　　九九耕牛满地走

给我更多的人看

人啊人，人字只写两条腿。左看像门，右看像山，另有一说是像倒置的漏斗，总之站得牢。人为万物之"零"，符号十分简单，人字只两画，你看马牛羊鸡犬豕多少画！门供出入，人分内外；山有阴阳，人感炎凉；漏斗倒置，天地否极，看谁来拨乱反正旋转乾坤。啊，人啊人。

这几天我一直看他们几个人的照片。好不容易找到了他们！也许我的律师会说，你只是找到了他们的照片而已。我那以摄影成名的朋友也许说，你只是找到了底片感光显影定影放大冲洗而已。我那写诗的朋友也许说，你只是见到一蝶，拾起一片花瓣而已。可是我要看，我更要看。一生一世，悲欢离合，生老病死，穷通荣辱，看他化蝶飞来，成一瓣落花飘下。看他缩小面积、压去体积、滤尽过往、排除变化成为案头掌上之永恒。

看他们又是一场粉墨锣鼓。看他们像看那场同乐晚会。看野地里竖起柱子，看柱间连成横梁，铺上木板，看人在木板上捏弄世界。忽然眼前出现了一些人，从未见过，完全陌生。没有谁戴这样的呢帽、眼镜，留这样的胡子，没有谁站得这样矜持，等他露齿一笑，那排牙使你恍然大悟，你马上把他的容貌纠正了：这星期不是轮到他当采买管伙食吗！你看又出来一个人，老了，腰弯着，寿眉半白，眯着眼东看西看，皮肤够黑，脸上手上却还有那么清楚的黑斑。这个人？难猜。看他一时疏忽睁大了眼睛，那乌溜溜的黑眼珠朝台下一转，哈哈，这家伙去年跟我同班！那次看表演如同一个预言，今天我看这些照片，从眉里宇里搜寻真身，于今仿佛犹昔。只是这一次他们永不卸妆，他们看我料亦如是！

看来看去，想来想去，翻来覆去，死去活来。四十年前的留不住，四十年后的挡不住。人啊人，人字还是照写，可是由瓶到酒都换了。人还是出出进进，上上下下，冷冷热热，颠颠倒倒。唉，可惜颠颠倒倒！小说家辛克来路易士六十大庆时,新闻记者请他发表生日感言,他说他心里有一个问题不明白,在六岁时就不明白,到了六十岁还是弄不明白,什么问题呢,那就是:世上为什么有穷人有富人?唉,我不是辛克来,我也有一个问题从六岁迷惑到六十岁,那是世上为什么有好人有坏人?这问题你也不能解答。我们都有所不能,握住火把、握不住光,握住手、握不住情,不能扫起月色,揭下虹,不能将酒涡一饮而尽,我们都不能使兽变人。

但是据说人类的确带着兽的血统和兽的性格,隐隐约约有兽的长长短短。人类征服洪荒,把野兽逼向死角,自己扮演虎豹蛇蝎兔狐猪狗。人为万物之"伶"。袍笏不能保证文明,神话不能保证因果。十年一难,百年一劫,劫难来了,所有的伟大都急速缩小,所有我们用两只手恭恭敬敬捧着的东西都掉下来被众人践踏成泥。平时都说槐花是吊死鬼的舌头,相诫不可从槐下走过,但饥馑之年大家抢着吃槐花,吃槐叶,吃槐树皮。有一种蜘蛛,出生以后就把自己的母亲吃掉。母獐相反,它如果闻见幼獐身上有陌生的气味,为了安全,就把亲生儿女丢弃了。断腕灭亲也是空,贺兰山上的猎人还是可以捕獐为生,蜘蛛为了自己发育连母亲也吃,到头来仍是一只蜘蛛,也没长成老虎。

谁是虎而冠者?他们不是,我不是,料想你也不是。你说:"我很累",哪里是虎啸?你写的柳公权,"弃我去者昨日之日不可留,乱我心者今日之日多烦忧,"昨夜还挂在我的客厅里。世上岂有莫愁湖,真有莫愁虎。你说:"我很疲倦",疲倦也是一种愁。你烦的是什么,忧的是什么,你遗忘了没有,升华了没有。李白的呻吟怎么到现在还袅袅不绝,该死的不朽。

当我处心积虑东寻西觅时,你没有一句话赞成,没有一句话帮助,你也不反对不禁止,只说"我很累",这是你的风格。而我,我对言外之意充耳不闻,在你冷淡的眼神下兴高采烈,这是我的风格。历史是打碎了的瓷瓶,碎片由考古家收拾,这扫地的工作么,你也懒得了。其实我也累,他们都很累。站在红漆漆过的大地上,迈一步怕留下脚印,扶一把怕留下指纹,空气里充满了油漆未干的辛辣,喘口大气也难,那日子是会在肌肉里累积酸素的。大家都累了,像是童年时期的某种游戏一般,大家挤在一起,缠成一团,直到每个人用尽了力气,睡在地上瘫做一堆。这个游戏简直是今生今世漫长生涯的缩影。真奇怪，童年做过的某些事情，往往是以后重大遭际的象征。

我想我们都太累，都还没有恢复，完全恢复需要很长的时间。直到有一天，我们想到夸父，不累；想到吴刚，不累；想到季子挂剑，不累。直到有一天，看见小花的微笑，不累；想起提琴的弦绷得那样紧，不累；听见瀑布昼夜奔流，不累。直到有一天我们能尊重含羞草，同情鸵鸟，赞美出土的化石，包容所有的上帝。

上帝说过，聚有时，散有时。由散的时代到聚的时代漫长，有涯。把叶子吹离枝头的，是风，把叶子围拢在树根四周的，也是风。把花瓣从陌上冲走的，是水，把花瓣一个挨一个铺满湖面的，也是水。贫血的月，高血压的太阳，痴肥的山，生锈的城，俱往矣。不要讽刺生命，当心生命会反讽你。人啊人，我要看人，给我更多的人看，给我标准化的人，给我异化的人，给我可爱的人，可恨的人，以及爱恨难分、同中有异异中有同的人。

我们的功课是化学

听我说，我爱看他们，爱看人，人的美，人的尊贵。鸟兽草木修炼千年也就是图个圆颅方趾顶天立地。我爱看邻人，我爱看陌生人，爱看亲人，爱看仇人。人的名称，神的形象。动静举止原是画，喜怒哀乐原是戏，慢慢看啊，每个人都是风景。听我说，我了解你的疲倦，一如打过摆子的人了解疟疾。怎能不疲倦呢，如果人是套在我们颈上的枷。如果人人似乎心怀叵测，连海浪也是在搜刮天空。如果人不是可怕就是可恨。如果对平生的每一件善行都后悔。我听说某一个时代的黑社会领袖都扎紧输精管，英雄无后，天才无种，他太疲倦了，不堪负荷。

我的疲倦在你之前。那时国内还在打仗。那时我看见一片瓦砾和插在瓦砾中的尸体。我觉得我的精力一下子被战争吸光了，浑身酸痛，肌肉随时可以压垮骨骼。那尸体本来是个医生，瓦砾本来是一所庄园。那人为什么要做医生呢，他有一些什么样的行为呢，这里面有个故事。

故事里面主要的人物是一个读线装书的绅士，和他的守寡守了三十多年的母亲。这位从二十多岁就关在一层一层门窗里裹在一重一重长裙宽袖里的节妇，到了五十多岁忽然在绝对不能让人看见的地方生了一个毒疮，流脓流血，痛彻心腑，以致她那孝顺的儿子寝食俱废，形容枯槁。依做母亲的意思，宁可痛死烂死，也不让医生来望闻问切，——医生都是男人！可是在一切偏方无效之后，做儿子的就再三哀求母亲让步。为了使儿子尽到人事，那母亲说，可以，但是只能由一个医生来看病，而且只能看一次。

于是儿子经过再三斟酌，带着一袋银元，到远方去恭恭敬敬请来一位名医，全家上下滴溜溜伺候这位名医吃过鱼翅席之后，延入内室诊察病患。母子俩的心情不必细表,这还不是他们最长的一刻。医生看过患处,回到客厅,只管坐在太师椅上抽烟喝茶,沉默无语,文房四宝早就摆下,他竟视而不见。儿子陪坐一旁,不知道说话好还是不说话好,说话,怕打搅了他,不说,又怕冷落了他。他怎么还不开处方呢?是催他好呢还是不催好?催他,怕得罪,不催,这么耗着岂不急死活人?

做儿子的出了一头热汗,等到热汗变冷,头脑也清楚了。他吩咐仆妇到内室去取出四个金元宝,用托盘盛着端出来,他接过托盘,走到医生面前,轻轻放在八仙桌上,退后两步,跪下,恭恭敬敬朝着医生磕了一个头。他做对了,那名医客客气气的写下药方,客客气气的告辞而出,(自然是带着元宝。)病家照方服药,不由你不服,那毒疮竟然好了!竟然好了!做儿子的受了这个刺激,就去买一套一套的医书,就去访求一个又一个名医,把自己训练成一个医生。于是,庄园外面的黄泥路上,经常有吱呀吱呀的独轮车载着病人进庄来了。当吱呀吱呀的车声归去的时候,把他的名声传扬开来。渐渐的,有些传说和神话附会在他的名下,他像历代所有的名医一样,半隐半现在一种光辉里。他救活了无数人,没有收过一文钱。

而老天给他安排的结局是如此!

而那个为他母亲治疮的医生下了如此的论断:"此人一死,谁也休想盖过我!"

那时,我站在废墟之旁,仰首问天:为什么会是他呢,为什么会是他呢!然后,我问,我能做什么?我能做什么?那一刻,我发现自己无能,可耻,我连那只在尸体上舐血的狗都不能赶走,因为,狗眼射出红光,据说,狗吃了人肉以后马上变狼!

人有善有恶,有正有邪。人有贫富贵贱祸福成败。依照列祖列宗所信所传,世上的富人,贵人,成功的人,有福气的人,该是那些善良正直的人,邪恶的人应该相反。可是,等到我们亲身体察,我们才知道排列组合并不如此简单,它错综复杂,根本不能用耶稣或孔子留下来的公式推算。尤其是战争来了,灾难最大,上帝逊位,圣贤退休,天伦人理都十分可怜。反淘汰比淘汰更无情,逢凶化吉要靠离经叛道,人人暗中庆幸自己倒也并非善类。从那样的时代活过来不啻是穿越了原子爆炸的现场,辐射线造成永久的伤害,表面上也许看不出来,暗中却深入灵魂,延及遗传。

所以我们必须走出来。我们遭逢的劫难只是名称不同、时间不同。我已修完了你正在艰难钻研的课程。你是昨天的我，我是明天的你。我们都有癌需要割除，有短路燃烧的线路要修复，有迷宫要走出，有碎片要重建，有江海要渡。

有江海要渡，听我说，我来渡你，一如你昔曾渡我。我没有直升机，我有舢板，只要你不怕弄湿鞋子。你不能等大禹杀了仪狄再戒酒。达摩渡江也得有一根芦苇，马戏团的小丑从胸前掏出心来，当众扯碎，他撕的到底是一张纸。走过来吧，踢开纸屑，处处是上游的下游，下游的上游，浪花生灭，一线横切。江不留水，水不留影，影不留年，逝者如斯。舢板沉了就化海鸥，前生如蝉之蜕，哪还有工夫衔石断流。

听我说，生活是不断的中毒。思想起来，我中毒很早，远在目睹战争之前。老师讲"伯道无儿"，说邓攸生逢乱世，为了救他的侄子牺牲了自己的儿子。他原以为可以再生一个儿子，谁知夫人始终不孕。媒婆给他送来一个无家可归的女孩做姨太太，谁知问起家世那女孩竟是他的甥女。由于内疚，邓攸再不纳妾。于是他无子。于是他绝后。那时我就问，为什么会是他呢。我希望老师说错了，到图书馆里去翻书查考，但是我把填写完毕的借书单揉成纸团丢进字纸篓里，我怕书上写的和老师讲的完全相同。来，听我说，我们现在要勇敢的面对多少多少的邓攸，各式各样的邓攸。人生修养就是分解这种毒素。不要再加减乘除了，我们的功课是化学，不是数学。化！化种种不公平，不调和，化种种不合天意，不合人意，化百苦千痛，千奇百怪。和尚为此一生打坐，把自己坐成吞食禁果以前的亚当。化！化癌化瘤化结石化血栓，水不留影逝者如斯。

听我说，历史有时写秦篆，有时写狂草，洞明世事练达人情就是两种字体都认得。人啊人，天意难知，人意易测，报恩易，而世人忘恩，报怨难，而世人记怨。人终须与人面对。人总要与人摩肩接踵。人终须肯定别人并且被别人肯定。人万恶，人万能，人万变，然而归根结底我们自己也是一个人。世人以芝兰比子孙，但他们宁要子孙不要草。世人以鹡鸰比兄弟，但他们宁要兄弟不要鸟。永远永远不要对人绝望，星星对天体绝望才变成陨星，一颗陨星不会比一颗行星更有价值。遇难落海的人紧紧抱住浮木，但他们最后还得相信船。通宵赶路，傍山穿林，我情愿遇见强盗也不愿遇见狼群。

听我说，咱们同年同月同日找一个人烟稠密的地方去看人，去欣赏人，去和我们的同类和解，结束千日防贼，百年披挂。上帝为我们造手的时候说过，你不能永远握紧拳头。来，放松自己，回到人群，在人群中恢复精力。

第四部　万木有声

年关

我一向无心过年。不,这不是长年流浪的习性的一部分,远在离家之前,吹肥皂泡的年代,我就觉得"过年"很虚伪。例如,见了面说"恭喜发财",内心的愿望恰恰相反。例如,平素嫌隙丛生不相往来的亲友也互相拜年,拜年后反而加深了敌意。

如要在过年这天选一件事作虚伪的代表,我想那就是"打着灯笼讨债"。依照风俗惯例,债主催讨欠款只能到大年夜天亮前为止,元旦一破晓,他就暂时失去这份权利。债主也有对策,他在元旦的光天化日之下打着灯笼坐在债务人的家门里,表示现在仍是黑夜,可以继续催讨;而欠债的人呢,可以昂然出入家门,对那个来施压力的人不理不睬，认为既是黑夜，我当然看不见你。

　　我的理想国里是不"过年"的。流浪虽有苦楚，但一想到过年，如释重负。人越长越大，终于有了所谓社交生活，这才明白人并不能只和他喜欢的人来往，不能只和他推心置腹的人共事，不能只和语言有味的人交谈。人与人之间"当面敬酒、背后下手"也并不是新闻。昨天敬酒今天照样下手，而今天下了手，明天照样可以敬酒。人不度这一关成不了正果，要度这一关，中国旧式的"过年"是个先修班，也是沙盘演练。这个受造就的机会，我把它轻易抛弃了！

　　也是在那个时候我领悟到另一件事。小孩子喜欢把螺壳按在耳朵上，说是可以听见涛声。这件事经诗人点染鼓吹，顿成雅事。有一次，我效小儿女作态，试听海螺，忽然联想到"打灯笼讨债"的情景。明明是白天，偏说还是黑夜；明明是自己的听觉神经受到压力引起的反应，偏说是海涛。人，常常以他强烈的主观，否定客观的事实，编造幻境，弱者用来陶醉自己，强者也许凭着它役使别人。想那打渔杀家的老英雄，自称"江湖上唤萧三不才是我，大场面小场面见过许多。"他所见过的场面，不知有多少是灯笼照射下的白昼？多少是螺壳里的海涛？

那时以后，我陆续读了一些诗。旧时诗人每逢除夕和元旦照例有诗，这是中国旧诗常见的两个主题。几乎没有例外，除夕作出来的诗充满了追怀和感伤，对旧岁极其深情，而曾几何时，（也不过几个小时之后，）诗迎新岁，喜气洋溢，对未来一片憧憬和期待，斩钉截铁不再留恋过去。一首一首分开读，都可以成立，连着一口气读下来，换情感不是换底片，怎能刷拉一声除旧布新。那时我想除夕的悲戚和元旦的欢呼都是八股，是诗人造作出来的感情。

不过守岁的情景我还有些印象。除夕之夜的确阖家不寐，一分一秒守着那寸寸逝去的光阴，直到夜尽。大家围着火盆静坐，说话轻声细语，气氛确实沉重严肃，好像内室里有一位重要的、关系密切受人尊敬的老人正在弥留之际。第一个发明用这种"仪式"守岁的人用意何在？岂不是教人念旧吗。等到元旦的曙光照来眼底，发明这"仪式"的人又教人立刻丢下手里的拨火棒，远离那弥漫着檀香气味的室内空气，迎着刺骨的寒风、刺目的旭辉冲进街心，仿佛抢着去掌握稍纵即逝的黄金时机，这又是什么意思？诗的根源是生活,有这样的过年,才有那样的除夕诗和元旦诗。只是诗人未曾破解一个问题:何以要有那样的生活。

有一次,看一部"欧洲历史宫闱巨片"时若有所悟。国王病笃,群臣昼夜守候,人人面容哀戚,后来内侍以杖触地高声宣布:"老王晏驾,新王万岁!"于是大小百官一致跪地高呼,悲喜交替,间不容发。其情其景,简直与中国人由除夕深夜到元旦凌晨仿佛。中国历史悠久,摧枯拉朽的撞击和摧心裂肝的丧失接踵,先贤借着过年教育后人,使人人能够在变局中处理感情。可以说,这也是"为生民立命"。人,从昨天活过来,昨天十分重要,但是人毕竟要投入明天。夏虫不可语冰,因为它活不到冬天,倘若享寿十年,就知道水变固体也没有什么了不得。人既不能乘光速与逝者同行,只有与来者同在。白云苍狗,无非如是。

有一个人,他是我在纽约结识的朋友,他当然另外还有朋友,他的朋友又有朋友,合起来,可以成一个小小的朋党。他们来美十几年不肯加入美国国籍。最近,他们觉得持用本国护照实在太不方便了,不但在外国不便,回到本国更是不便,大伙儿一商量,同时向移民局申请归化。这要经过一系列手续,最后一个场面是宣誓。宣誓前一天这些人聚在一起狂饮烈酒,带醉大哭,彻夜不曾合眼。第二天,他们挺胸昂首通过那个情绪激动的形式,他们以勇敢的微笑接受亲友祝贺,然后他们精神抖擞驰骋于他们的战场。我深有所感:长夜痛饮是他们的除夕,宣誓如仪是他们的元旦。

又是一年。我这个厌恶过年的人,对辞岁,迎喜神,祭祖,拜年,乃至放爆竹,贴对联,渐渐有了回甘。远适异国,已无缘再受这一套课程的熏陶教化。每年新历十二月三十一日夜间从电视上看纽约人集齐时报广场载歌载舞,就觉得那气氛中只有元旦,没有除夕,略见平直,不免浮躁。然而时代使然,也只有听之了。

园艺

我在后院翻土种花,一位即将回国探亲的朋友走进来看我学做老圃,问道:"想不想弄点中国有、美国没有的种子?我替你找来。"我说:"想种的倒也都有,洛阳牡丹不准出口,荷兰的牡丹也很好。"

去年,我把小院规划成山东、江苏、安徽三省的形状全种上金钱菊,分三种不同的颜色,烂漫了六个多月。今年换了疆土,我统治云南、贵州和广西,残雪未融,去年深秋埋下的郁金香的球根就吐出叶子来。这种花朵大色娇,一棵棵笔直的站着,另成一番气势。五月,花谢了,以一两个星期的时间观赏叶子,然后贴着地面剪除了,撒上一些细小如沙的种子,由夏到秋又密又稠的小花挤成三张颜色不同的地毯，铺满我想像中的三个遥远辽阔的省份。

我在两手泥土的时候常想，不知你在五七干校作农人的时候也种花不？有花就有蝶。什么样的蝶恋什么样的花。牡丹盛开的时候，花丛上的蝴蝶很显赫，好像自以为是一只凤凰。牡丹是花王，好像来的也是蝶王。那一地细碎的小花呢，盘旋而来的蝴蝶也是瘦小的，色彩单调的，谦卑而殷勤的。那凤冠霞帔、蝶中的贵族，始终不曾惠然降临。

这是为什么？花类也得"各有因缘莫羡人"吗？

你还记得吧，有些花渐长渐高，鲜绿油亮，可是底下最初长出来的两片叶子却开始发黄。发黄的叶子徒然消耗水分养料，应该剪掉，商人特别设计了一种剪刀，供我们便于整肃，由这种剪刀的销路可以想见你、我、他都不再顾念这两片叶子的功劳。当初种子下地以后，是先长出这两片叶子，是靠这两片叶子辛勤经营光合作用才有整棵花株。可是我们剪掉它一如独裁者修剪历史记载。

我想我们还有许多共同的经验。种花的时候你不能在一个坑洞里只放一粒种子，并不是每一粒种子都能死而复活再现繁华。也许,你埋在坑洞里的四粒种子有三个生命,这三粒种子并不会抽签或猜拳决定由谁冒出地面,它们同时诞生。它们的根也许连在一起,不容易把任何一个移开。如果听其自然,三棵花都发育不良;如果"溺婴",朝谁下手?

这,并不需要犹豫很久。你不消几天就可以拿定主意。这三棵幼苗之中有一棵占优势,它长得比较壮,比较高,它用力排挤卧榻之旁的"他人",它急急忙忙把叶子弄得特别大,好挡住别人头上的阳光。好罢,既然这样,你就把失败者掐死。

每当我这样做的时候,我仿佛听见一阵呼喊:"留下我!保护我!把那个蛮横的侵略者杀掉!将来它能长多高我也能长多高!它能开多少花我也能开多少花!"可是我从来不曾"抑强扶弱""主持公道"。你呢?

我们都曾经咏叹大自然的和平宁静,其实,恐怕是我们一厢情愿吧。试看那些树!树总是以干为圆心控制地盘,千方百计不许青草生长,榕树以根垄断土壤,松树以针垄断阳光。树下如果没有属于自己的空间,这树喝水有困难,呼吸有困难,掺取养料也有困难。

我作过一首竹枝词,灵感来自秋夜的街头:

  秋风卷地秋寒生

  秋籁撩人仔细听

  长巷家家枫叶落

  归根落叶已无声

  古人只说"落叶之归根者无声",似乎未做进一步的解释。那夜我街头散步,风过处满街黄叶飞舞,惟有贴在树根周围的叶子寂然不动,原来前几天下过雨,落叶被树下的湿土黏住了,在那儿顺理成章等着化作春泥。所以,树,伟大的树啊!棵棵都有一人合抱那么粗。

  赶走杂草不是一件容易办到的事,树能,我不能。种花铺草,得先改造土壤,在土里掺上这个那个,包饺子和面一样搅拌揉搓。怎样撒种子,怎样施肥,怎样浇水,都有讲究。即使如此,花草也不一定能茂盛鲜美。野草就不同了,不请自到,落地生根,得用特殊的工具才拔得起来。稍一疏忽,它就碟形发展,把花草一小片一小片弄死。先是星罗棋布,后来连疆接壤,那时想对付它们,就得重新翻土，连好草也牺牲不要。我曾向有学问的人请问所以，他说百花六谷都只含有三个碳，野草则有四个碳。他说有些专家想把庄稼也改成四个碳，一旦成功，农人的工作就没有那么辛苦了。我暗想，单把庄稼改成四个碳恐怕只是事功的一半，得同时把野草弄成三个碳才行。难怪古人以野草比小人，大概他们早发觉坏人的生命力要强一些。如此这般，自有天意。

这几年种花种草种菜，"悠然见南山"的境界没达到，世情倒是勘透几分。多年来怨天尤人，对种种遭遇大惑不解，咎在未曾"向贫下中农学习"。现在明白了，"上帝在天上，地上发生的一切都是合理的。"农民以能忍耐能顺应闻名天下，这回也知道了他们怎么会有这种力量。

种花确能修心、养性、悟道，你也种一些吧。

夜行

我爱散步,爱夜晚散步,爱看给夜色化过妆的草木人家。可是这里不兴夜间散步,这里管夜间散步叫游荡,要招引窗帘后面的眼睛。

幸而我有正当的理由夜归。幸而我是以公共汽车代步,下了车,得走几条街才到家。这是我的归途,理直气壮,不把道旁栏杆里面的狗吠放在心上。我一分钟四十步,没有谁可以责备我太慢。目不斜视,也无须斜视,因为两旁的景象早在正前方出现过了。有时我故意提早一站下车,多绕个弯儿,就像拣了便宜一样愉快。

街灯撒下淡黄色的光雾,街道显得静,宽。夜应该黑,倘若黑,黑色挤压你,你的路就局促了;倘若黑,黑里面就有许多喧呶和不可测。

小时候怕黑,牧师指着漆黑的墙角说:"别怕,你仔细看,那里头有天国。"听说基督教传入印度的时候,一个印度人说:"如果真有天国,那么好的地方还不早已成了英国的殖民地,我们去了还不是做奴隶?"另一个印度人说:"既然注定要做奴隶,那就找个宽厚慈悲的主人,到天国去做奴隶总比在印度做奴隶好。"第三个印度人说:"我不要到天国去做奴隶,我要在印度做主人。"我之所以爱在夜间散步,原因之一就是可以听见这三个印度人吵架。

人对世界总是不满意,夜间摸黑赶路的人常恨天上没有第二个太阳。据我的保姆说,天上本来还有好几个太阳,被杨二郎压在大山底下去了。在农民的想像中,杨二郎像担着两座麦垛那样担起两座山,右手挥着鞭子,像赶牛一样把太阳赶得没有第二条路可走。二郎神威有余,细密不足,有一个太阳藏在某一种野菜底下,躲过去。幸而有那么一种菜,为我们留下今天的光热。那野菜模样像蚯蚓,赤脚踏上去如趿一双清凉的拖鞋。无论天气多干旱多炎热,这种野菜不会枯萎不会死亡,这是太阳对它的报答。即使如此,太阳也只能使它不死不灭,而它活着也无非继续受人践踏。

有时皓月当空,就嫌路灯多事了。不过我能只见月光不见灯光。我用意识过滤。这点儿本领"火炼金丹非容易"。毕竟我对月光印象深刻,月光曾经照过我的心,灯光只照过我的眼睛。记得当时年纪小,月下流亡不觉晓,一个同伴顽皮地说:"月亮这么圆,赶路也舒服,可惜不能边走边谈恋爱。"另一个接口:"一个人也可以谈,你可以单恋。"君子无戏言,戏言见真理,我们对月亮无非也是一种单恋。对太阳也是。对地球也是。常识无用,地球没有翅膀也飞。地球只有这么大,旋转出无尽的历史;钟面只有这么大,旋转出无限的时间。旋转,走圆,每一寸都是升弧。箭的弧度小,结果坠地而死。

常识无用,你说,大树一直生长,最后能长多粗?我散步有时要从几棵大树旁边经过。初来此地时,孩子问我如果这些大树一直长下去能有多粗,我没回答,心里直想阿里山的神木。现在我比较有智慧,我知道大树一直生长一直生长最后就变成摩天大楼。那些大楼成丛的地方到现在还叫什么林什么林,可见当初本是些树。世事沧桑,树犹如此。大楼如果只有一栋两栋,看着挺喜欢,一旦插遍地表,就不显楼高,只觉人矮。不过大厦当然比树林好,连墙角都值万两黄金。或许也有人说还是树林好,有新鲜空气,鸟叫。这些我不争辩。

俗语说"夜路走得多了终会遇见鬼"。我夜行三十年不曾遇见鬼、常常想到鬼。鬼,到底有还是没有?起初,我认为当然是有,不过我不必怕,我不作恶。后来慢慢发现那些做了亏心事的人也并没有鬼来半夜叫门,鬼在哪里?活人常常厚诬死者,绍兴师爷办案的原则之一是救生不救死。连现住的房客弄坏了电灯都会推到搬走的房客身上。如果有鬼,应该满街都是负屈含冤的叫喊,可是众鬼默默,"爱听秋坟鬼唱诗"而已,听不见鬼唱诗,只听见负鼓盲叟唱蔡中郎。

人生不可以有知己,但是必须有朋友,必须有很多朋友。我以前常说朋友之中必须有医生,有律师,现在我再加上一句:必须有和尚。我在这里认识一位和尚,和尚见惯亦俗人,可以偶然开个玩笑。我问为什么你也办了移民,莫非也是来逃难避祸?他说出家人不怕灭九族,因为他自己先把他们灭掉了。有一次见他打坐,问他怎不入定,他指着窗外一棵文风不动的老松说:"你看这树,每分每秒都在新陈代谢,连它都不能定,我怎能定?"

有一天谈到鬼,他说有鬼,语气笃定。那么鬼为什么不叫?他说你不懂,鬼比你聪明。他说死亡本是解脱,所以鬼应该不计前世但问来生。隔世不算账是鬼的"宪法"。他说你不懂,"报应"并不是鬼的自力救济,"报应"是两者总积相等,不是每一笔收支都相等。他说你不懂,鬼的第一件大事是投胎转世,不转世,怎能再享受汪洋的母爱?怎能再有金色的童年?怎能再尝醉人的初恋?怎能再逐步满足山重水复柳暗花明的好奇心?怎能?怎能?你完全不懂!

我只听见不懂不懂不懂。回到家,慢慢回忆,把失落在空中的语句捕捉回来,记下他的大意。很好很好,幽明异路。走夜路走得多了不会遇见鬼,看聊斋看得多了才会生出鬼来。那么我们别读蒲松龄,我们读达尔文。

看大

盲聋作家海伦凯勒曾经幻想上帝给她光,给她视觉,让她看看这个世界。三天,只要三天,她要仔仔细细的看三天,丰丰满满的看三天,欢欢喜喜的看三天,然后再瞎,再回到无涯的黑暗里,也心满意足了。当年读这篇文章的时候,老师问我:"如果你还有三天光明,如果三天以后你就瞎了,那么,在这最后的三天之内,你打算看什么?"我只笑,不答,笑这题目出得怪,我怎么会瞎,我的视力是二〇·二〇!

那时,我的眼睛很好,识字也少。后来认识了"眚"字,认识了"瞀"字,认识了"瞖"字。若干年后知道有"眊"字"眛"字。原来还有"眇"字"瞽"字"矇"字。

君子有三畏，幼时畏天，怕迅雷风烈；壮年畏人，怕人面狼心；老来怕自己，怕自己的血管交通拥挤，怕自己的神经生锈绝缘，怕自己的细胞密谋叛变，无涯的黑暗如在其上，如在左右。蓦回首，当年教英文的老师还笑吟吟的站在那里等我的答案呢！

三天，最后三天，三天的光明。海伦凯勒终于没有，而我必然会有。三天时间是短还是长？三天足够上帝造半个世界。三天，喷射机可以围着地球飞一圈半。三天是七十二小时，两万六千秒，眼睛眨一万多下。一万多次擦拭，滑润，干干净净漂漂亮亮停停当当，然后做什么？做什么？

最近我看见许多人，许多个少年子弟江湖老，许多个少小离家老大回，他们知道自己还有几天，该看什么。中风、糖尿、心肌梗塞，每人有一种不治之症，只有怀乡病，他们得到了特效药。深闺梦里人并未变成无定河边骨，无定河只留下他一条腿，剩下这条腿还够用，找得着归路。他们眨着眼睛做好了准备，准备去看家看国，看生看死，看今看古，看人，也让人看。有一位老先生老得睁不开眼了，我说乡长，您这么大岁数，行吗？他说还行还行,还能回去一趟,回得来回不来都没有关系。

只有三天。千金难买回头看。回首是因,回首是缘,回首是曾,回首是未,回首是来处,回首是白云深处。妙哉,十七岁的时候能睁着眼睛做梦,到七十岁又恢复了这门神功。梦里的狮子温驯如猫。梦里的城墙用蛋糕砌成。梦里的流弹是斜风细雨雨打梨花花近高楼伤客心心随流水先还家。

我读秒,我的眼睛还睁得开。而且我有望远镜,放大镜,近视眼镜和老花眼镜。我有照相机。这些都是眼,算起来我是复眼的动物。这里有个人,他当年两只眼睛离家,如今一只眼睛还家,他说眼睛多有什么用?也不能把一张钞票看成两张。海伦凯勒说,眼睛有什么用?有眼不去看,等于是个瞎子。医生对我说,你的眼睛好比你的照相机,要想想你还有什么东西要照,算算镜箱里还有多少底片。

想想看,那是多么大的陆地。给我三天,让我看看,不看小,看大,看湖如海,看草原如天,看长河如地裂,看群山如天崩。当年坐在飞快的火车上,看那么长的地平线,看地平线缓缓变成圆周,看大地缓缓转动成唱盘,大地在唱，唱出唐宋元明清，唱出金木水火土，唱出汉满蒙回藏，唱出稻粱麦黍稷，唱出一元万象两仪四时三教九流六欲七情八德十诫百福千变亿载兆民。自从我知道有一种唱片是从圆心向外展开，我就觉得坐在火车上的我乃是一根唱针，摩顶放踵唱史诗，唱给天下人听。怎能，怎生，怎得，这张唱片再放一次。

想想看，泰山有多高！登泰山而小天下？有没有以讹传讹？泰山虽高，视野未穷，莫非王土。应该是登泰山而后知天下之大，知齐鲁之未了。泰山之西还有太行，太行之西还有秦岭，秦岭之西有巴颜喀喇山，有昆仑山。这些山更大更高，负载这样高这样多的山得有极大的土地，山是树，土地是根。由泰山到昆仑，太阳也得走四个小时。凌虚九万里肉眼不够，必须加上望远镜；望远镜不够，必须加上联想；联想不够，必须加上宗教的虔敬。何处是虔敬？虔敬在镜中，回去对镜看，看镜中的自己。

飞机比山高，比太阳低。当年飞机还用螺旋桨起飞，大地像一幅由下向上画成的长卷，刷的一声打开了。由下向上，山一座一座叠起来，城一座一座叠起来，江河挂起来垂下来，由地面经过机舱窗外直到天上。江山如画,这画不是寻常格局。西复西,先是太阳追赶我们,后来我们追赶太阳。下面是夸父逐日之路,是穆王逐日之路,是杨二郎逐日之路。想想看,跟太阳赛跑得有多大空间!日近长安远,我在想地面上可有我们飞机的影子,一如海滩上该有一粒沙。西复西,何处是西?我们迷失,不是迷失在空中,而是迷失在太大的国土里。国土是画,是无边无涯无框的画,是自下而上的长卷,无人能够在地上打开。怎生,怎能,怎得,把这幅巨画再看一次。

络绎不绝的归人啊,你们何所闻而去,何所见而来。摩肩接踵的过客啊,你们闻所闻而来,见所见而去。日光之下无新事,但普天游子皆怀旧,偏爱旧时天气旧时衣引发一丁点儿旧时心情。名山大川见许多,天下胜景还是老家东门外的丘岭,岭上一棵石榴树。树失去了,山在;山失去了,地在,地物改,地形变,大地万古千秋。土在即苗在,苗在即树在。斯土斯地得你亲眼看,亲自用脚踏,亲身翻滚拥抱。过客啊,归人啊,劝君更尽一杯酒,他日再逢,先为我从瞳孔里带一些山水,用衣襟留些尘土。

看苗

不要催我,我会来,来看大江南北大河上下大漠内外,不为前生为来世,不寻根,看苗。

看苗。苗可秀。苗可莠。苗可握?苗可离离。苗是果子也是种子,是环也是链。故老相传,麦苗是晚娘的孩子,大雪是外祖母送来的棉被。那些农夫,春种一粒粟的农夫,汗滴禾下土的农夫,在彤云压境的寒夜,在温度逐渐退减的炕上,怀里搂着他们的孩子,悬念田里的庄稼,两者缠成情结。孩子终须离开炕,离开父母之怀,离开家乡,插满大地,自成一类。那时,谁是他们的外祖母呢?

我还记得每年清明,大家成群结队出外踏青看苗,一畦一畦,一垄一垄,绿在眼里,翠在心里。一路走过去,仔细看就能看出它们的立姿坐姿,先天后天,看出它们主人的强弱勤惰,气运流年。那是某种博览会,陈列着人的智能和毅力,那也是一次大检阅,看下一代的精神体魄,把他们的穷通夭寿和我们的吉凶祸福相连相结。我清清楚楚地感觉到,苗给人们的喜悦,甚于穗,那一地嫩绿给人们的信心,多于遍野金黄。

提到看苗,我问你,游丝到底是什么东西?野外踏青,杨柳风吹面不寒,有时候忽然送来一线酥麻,由左颊到右鬓,压过鼻梁,似乎想拦住你,为你进行一次精细的手术。那阻力似乎没有形迹,但是你可以用手把它拨开。那微痒的滋味,是年轻的滋味之一种。这一线,这神秘的游丝,到底是哪里来的?父老指着天上教我看,看空中盘旋的老鹰,它想离开地面,它还嫌自己不够高,它一圈又一圈,像沿着螺旋梯上升。它在我们眼中越来越小,小如麻雀,小如甲虫,小如苍蝇,然后,突然消失了,就在它消失的那一刹那,它溶化成一根我们难以察觉的纤细,一路飘摇,一路下坠,一路回归,一路迷失。这就是游丝。

这是游丝?这是传说,那些以"俯身求土易、仰面求人难"为座右铭的农夫,用这个传说来惩罚那些离弃土地的人。在他们心目中,我是一根游丝吗,我倒很希望像游丝一样回到他们中间,看他们的苗、他们的孩子。我希望他们只是很轻微的感觉到我之存在。我要看看他们除了禾苗以外还有什么东西留给后人。前些日子新闻报道说,市场上标明纯度百分之百的果汁,其实是百分之百的糖水。电视台的记者告诉收看者:"果汁"里头并没有果汁。这时,一个坐在电视机前喂孩子吃奶的小母亲忽然慌张,她想到,如果有一天"牛奶"里头也没有牛奶,那可怎好?天下父母总是希望给孩子好的牛奶,给孩子足够的蛋白质和维他命。前有古人,后有来者,父母总把好东西留给儿女,帝王留给儿女的是万里江山,富豪留给儿女的是万贯家财。我们呢?我们呢?

我们呢?多年以前,朋友从报上剪下一篇文章拿给我看,那作者说他不知如何教育子女,他说他的孩子在外面玩球,带着一脸眼泪和一身泥土跑回来,球被邻家的孩子抢去了,身为父母,这时应该怎办?"算了,那个破球咱们不要了。"这么做,会不会使孩子以后遇见挫折就自暴自弃?换个方式,"走,爸爸带着去另买一个!"问题是解决了，要是养成了孩子依赖的心理呢？有人主张一旦据报就大喝一声："你自己去把球抢回来！"那么孩子长大了会不会惹是生非好勇斗狠？作者在文章末尾表示他整夜辗转反侧束手无策。朋友问我有什么意见，他哪里知道那篇文章就是我写的啊！

多少年前，报上有一篇文章引起许多人的共鸣，作者以母亲的口吻说，她到百货公司去给孩子选一个玩具，玩具是匠心巧思，分门别类，根据教育家的理论设计制造，说是要借着玩具的启发去铸造孩子的人格。可是，孩子将来该是一个什么样的人呢？给他买一支枪吧，要是孩子将来残忍好杀呢。买一付锹子铲子吧，要是孩子将来不想念书只想掘宝呢。买一本故事书吧，要是孩子将来去做作家舞文弄墨惹是生非呢。挑来拣去，买什么都不合适。作者说记得幼时市上没有玩具店，她们手里拿着一块石头翻来覆去，似乎也没留下后遗症，还是让孩子玩石头吧，想带一块石头回家，在今天的都市里找一块石头还真不容易呢！……孩子发现了这篇文章，拿给他们的母亲看，请母亲发表意见，他们哪里知道那文章的作者就是他们的母亲啊！

这是二十世纪，天下没有做对了的父母。孩子整天戴着耳机听广播员喋喋不休，听不见我喊他的名字。那些广播员究竟对我的孩子说什么呢，他们给我的孩子什么样的影响呢，空劳记挂，无能为力，只有任他们说的继续说，听的继续听。我只能发下雄心走遍天下看多做多错的父母、一无依傍的孩子。告诉我，什么地方人最多、年轻人最密集。我会用秋水洗眼，水晶镜片护目，长镜头照相机辅助视力。

让我看，看他们两颊凹进，喉骨突出，肩宽背厚，十指骨节嶙峋，时间将他们刻削完成。看他们呼吸着空气中的原子尘，吃着食物中的防腐剂，每天灌进标明为纯果汁的糖水，依然是金童玉女。我宿店，看他们启程；我回忆，看他们憧憬；我生黑斑，看他们生青春痘；我从雾中来，看他们向雾中去。

别催我，我在专心研习麻衣相法、柳庄相法，穷究人伦大统赋。我来替年轻的一代看相，走遍大江南北、大河上下、大漠内外，看他们之中多少人有福有慧，多少人有守有为，多少人能够虽强不暴、虽贫不贱，看他们之中长寿的是不是人瑞，短命的是不是天才。看他们将来的大苦大乐,大成大毁,大破大立,大寒大暑,大梦大觉。我来看中国的前途,中国的前途在他们是何等人,不在大坝大桥大楼大厂。

脚印

乡愁是美学,不是经济学。思乡不需要奖赏,也用不着和别人竞赛。我的乡愁是浪漫而略近颓废的,带着像感冒一样的温柔。

你该还记得那个传说,人死了,他的鬼魂要把生前留下的脚印一个一个都拣起来。为了做这件事,他的鬼魂要把生平经过的路再走一遍。车中船中,桥上路上,街头巷尾,脚印永远不灭。纵然桥已坍了,船已沉了,路已翻修铺上柏油,河岸已变成水坝,一旦鬼魂重到,他的脚印自会一个一个浮上来。

想想看,有朝一日,我们要在密密的树林里,在黄叶底下,拾起自己的脚印,如同当年拣拾坚果。花市灯如昼，长街万头攒动，我们去分开密密的人腿拣起脚印，一如当年拾起挤掉的鞋子。想想那个湖！有一天，我们得砸破镜面，撕裂天光云影，到水底去收拾脚印，一如当年采集鹅卵石。在那个供人歌舞跳跃的广场上，你的脚印并不完整，大半只有脚尖或只有脚跟。在你家门外窗外后院的墙外，你的灯影所及你家梧桐的阴影所及，我的脚印是一层铺上一层，春夏秋冬千层万层，一旦全部涌出，恐怕高过你家的房顶。

有时候，我一想起这个传说就激动，有时候，我也一想起这个传说就怀疑。我固然不必担心我的一肩一背能负载多少脚印，一如无须追问一根针尖上能站多少天使，可是这个传说跟别的传说怎样调和呢，末日大限将到的时候，牛头马面不是拿着令牌和锁链在旁等候出窍的灵魂吗？以后是审判，是刑罚，他哪有时间去拣脚印；以后是喝孟婆汤，是投胎转世，他哪有能力去拣脚印。鬼魂怎能如此潇洒、如此淡泊、如此个人主义？好，古圣先贤创设神话，今圣后贤修正神话，我们只有拆开那个森严的故事结构，容纳新的传奇。

我想，拣脚印的情节恐怕很复杂，超出众所周知。像我，如果可能，我要连你的脚印一并收拾妥当。如果拣脚印只是一个人最末一次余兴，或有许多人自动放弃，如果事属必要，或将出现一种行业，一家代拣脚印的公司。至于我，我要拣回来的不止是脚印。那些歌，在我们唱歌的地方，四处有抛掷的音符，歌声冻在原处，等我去吹一口气，再响起来。那些泪，在我流过泪的地方，热泪化为铁浆，倒流入腔，凝成铁心钢肠，旧地重临，钢铁还原成浆还原成泪，老泪如陈年旧酿。人散落，泪散落，歌声散落，脚印散落，我一一仔细收拾，如同向夜光杯中仔细斟满葡萄美酒。

也许，重要的事情应该在生前办理，死后太无凭，太渺茫难期。也许拣脚印的故事只是提醒游子在垂暮之年作一次回顾式的旅行，镜花水月，回首都有真在。若把平生行程再走一遍，这旅程的终站，当然就是故乡。

人老了、能再年轻一次吗？似乎不能，所有的方士都试验过、失败了。但是我想有个秘方可以再试，就是这名为拣脚印的旅行。这种旅行和当年逆向，可以在程序上倒过来实施，所以年光也仿佛倒流。以我而论，我若站在江头江尾想当年名士过江成鲫，我觉得我二十岁。我若坐在水穷处、云起时看虹,看上帝在秦岭为中国人立的约,看虹怎样照着皇宫的颜色给山化妆,我十五岁。如果我赤足站在当初看蚂蚁打架看鸡上树的地方让泥地由脚心到头顶感动我,我只有六岁。

　　当然,这只是感觉,并非事实。事实在海关关员的眼中,在护照上。事实是访旧半为鬼,笑问客从何处来。但是人有时追求感觉,忘记事实,感觉误我,衣带渐宽终不悔。我感觉我是一个字,被批判家删掉,被修辞学家又放回去。我觉得紧身马甲扯成碎片,舒服,也冷。我觉得香肠切到最后一刀,希望是一盘好菜。我有脚印留下吗?我怎么觉得少年十五二十时腾云驾雾,从未脚踏实地?古人说,读书要有被一棒打昏的感觉,我觉得"还乡"也是,四十年万籁无声,忽然满耳都是还乡,还乡,还乡——你还记得吗?乡间父老讲故事,说是两个旅行的人住在旅店里,认识了,闲谈中互相夸耀自己的家乡有高楼。一个说,我们家乡有座楼,楼顶上有个麻雀窝,窝里有几个麻雀蛋。有一天,不知怎么,窝破了,这些蛋在半空中孵化,幼雀破壳而出,还没等落到地上,新生的麻雀就翅膀硬了、可以飞了。所以那些麻雀一个也没摔死,都贴地飞行，然后一飞冲天。你想那座高楼有多高？愿你还记得这个故事。你已经遗忘了太多的东西。忘了故事，忘了歌，忘了许多人名地名。怎么可能呢，那些故事，那些歌，那些人名地名，应该与我们的灵魂同在，与我们的人格同在。你究竟是怎样使用你的记忆呢。

……那旅客说：你想我家乡的楼有多高？另一个旅客笑一笑，不温不火，我们家乡也有一座高楼，有一次，有个小女孩从楼顶上掉下来了，到了地面上，她已长成一个老太太。我们这座楼比你们那一座，怎么样？

当年悠然神往，一心想奔过去看那样高的楼，千山万水不辞远。现在呢，我想高楼不在远方，它就是故乡，我一旦回到故乡，会恍然觉得当年从楼顶跳下来，落地变成了老翁。真快，真简单，真干净！种种成长的痛苦，萎缩的痛苦，种种期许种种幻灭，生命中那些长跑长考长歌长年煎熬长夜痛哭，根本没有时间也没有机会发生，"昨日今我一瞬间"，间不容庸人自扰。这岂不是大解脱，大轻松，这是大割大舍大离大弃，也是大结束大开始。我想躺在地上打个滚儿恐怕也不能够，空气会把我浮起来。

言志

孟子曰:"故天将降大任于是人也,必先苦其心志,劳其筋骨,饿其体肤,空乏其身,行拂乱其所为,所以动心忍性,增益其所不能。"最近翻书偶然看到这段话的英译,好像看到孟子移民出国老死异域留下的混血后代,其远祖血统如天上黄河可想不可望、可望不可即。

又得提起当年。当年小子们刚刚学会打草鞋,刚刚学会吃一口大蒜喝一口河水,刚刚学会用炸药治疥、煮木棉花治痢疾,刚刚学会夜间躺在床上用手指蘸着唾沫捉跳蚤、单凭手指的触觉就能把俘虏关进空弹壳里。也就是那个时候,刚刚念到孟子的这一段名言。口诵心惟,心向往之。有一个声音低低的对我说:"如果孟子有灵,我将来一定可以做上将。"

又得提到几年以后。几年以后世情大变、人心大变、书的滋味大变,有一个声音念书念到这一段狠狠的说"故天将降大任于'死'人。"可不是,那时苦心志劳筋骨饿体肤是一门一门死亡课程而为千千万万黎民所必修,绝对不能认为是上帝加给某些人的特惠,事实证明那些人都是上帝的弃民而非选民。

还好,我那少年时期的畏友虽然做不成上将,却至今健在。公侯将相望久绝,柴米油盐喜不缺,儿女子孙人口多。他当年说的"给我杠杆、我能支起地球"并非毫无意义,据说他在劳改队里善于以杠杆原理搬运石头。没关系,上将让别人去做,人之初,性本善,谁都可以在魔鬼休假时做出好事来。

这就又得提当年言志。

想当年别人以为咱们是孤儿,而咱们自以为是王子;别人以为咱们是蝗虫,而咱们自以为是凤凰。咱们那时身无半亩,心忧天下,哪里肯承认忧天下易、种半亩地难!这些闲话不说也罢!

该说的是咱们大伙儿横越中原,路长汗多,肚子特别容易饥渴,某天投宿在一个很小的村子上,承一位老太太供应了一顿杂面烙饼。热腾腾的饼,看在眼里好漂亮,闻起来好香,拿在手上好舒服。送到嘴里一咬,怎么像到口酥,没有杂面应该有的劲道,那滋味又不是"酥",牙齿不能咬合,上牙一碰下牙就全身发麻。老太太说:"吃不惯吧,地里头有沙子,吃的喝的全带沙。"

原来是沙。不能不吃,用掉光了牙齿的人那种吃法。饭后去看打麦场,很平坦,很干净,蹲下去用手掌抚摸,怎么毛茸茸的,捏一撮土细看,沙和土一样细,混合得很均匀。凭农家一双手,这样细的沙是没有办法淘洗干净的。

怎么了得!世世代代吃沙!盲肠炎!胃溃疡!肾结石!那时我们刚刚读了一册生理卫生,见多识广而又大惊小怪的叫嚷起来,大家说,我们将来一定不能再让这个村子里的人吃沙。具体构想呢,或是增加设备,或是改良土壤,或是全村迁移。对,全村迁移,中国地大物博,何苦一定要住在这里?咱们另外找地方给他们盖个新村!

现在那村子怎样了?

我们的那些心愿啊,当年许愿比母鸭下蛋还容易。

那次我们浩浩荡荡披星戴月穿村而过,惊醒了全村的狗,狗在每一家院子里每一扇大门后面吼叫跳跃。狗,不同的品种、不同的气焰用不同的腔调、不同的气味煮我们,一霎时简直脚下都是狗背、头顶上都是狗毛。在狗类严厉的指控之下我们每一个人都觉得亏心,我们以百口莫辩的心情低头疾走……

下一个村子,又是狗。我们是汹涌狗海中的孤舟。

狗是很忠诚的守卫,有很强的领域感,吠影吠声,原是正常现象,可是,不知为什么,我觉得古怪。

什么地方古怪呢,第二天早晨,一个同学问我:"你发觉了没有?狗几乎把天咬下来,没有一个人打开窗子伸出头来看看!"

是了,是了!狗可以出头,人必须藏在黑暗的屋子里。他们一定给狗吵醒了,可是必须装做没有醒,甚至装做没有人,只有狗。

这是他的村庄。这是他的家园。在他安眠的夜里,他的狗暴跳如雷,他为什么不打开窗子察看一下?那一定是受过种种教训,有过种种不幸的先例,他的个性已打碎,他的权利已死亡,他知道他最好的运气是在事件平息狗群安静之前他能够被世界遗忘。

在"言志"的时候,这位同学旧话重提,他说:"我将来只希望做一件事:每一个家庭在夜间被狗吠惊醒的时候,有个人敢打开门出来看看。"

一件事!这是"一件"事吗?

现在,这件事怎样了呢?

还有,还有一件事。那年我和一伙同伴沿着魏延提出的战略路线穿越秦岭,深山深处有人家,家家门口贴一块红纸,纸是新的,或者浆糊还是湿的。什么意思呢,过年?才十一月;办喜事?没有别的动静。这是什么样的特殊风俗呢?

一打听,原来是庆祝抗战胜利!可笑吗?日本是八月宣布投降的,中国战区是九月受降的,到了十一月,这里的居民才贴出一张红纸,这个惊天动地的好消息到了十一月才惊了他们头上的天,才动了他们脚下的地。他们流血流汗支持的战争,到这时候才有人告诉他们结果!

当时,我想,难怪诸葛亮拒绝了魏延的建议,蜀军进了这座大山,还不等于被地球张口吞没了么。

另外一位伙伴比我的志气高,他说,他,将来,一定，使这里的人能够马上知道国内国外发生的事情！

现在，那些山村的居民，对外面的世界知道了多少？

回乡！回乡怎能找到那些立志的旧友，一同去看刺激我们立志的地方。再看一眼，看厚唇宽肩弯腰低眉，看谦卑的茅屋上再压一层雪，谦受益，谦受气，谦受累，谦受罪？喝水的日子，喝油的日子，喝酒的日子，都熬过了吗？可能该喝水的时候有水，该喝油的时候有油，该喝酒的时候有酒？大城市使我记忆衰退，感觉迟钝，但我并未忘记我们立的约、许的愿、欠的债。

对联

这些年,我常跟朋友谈起老夫子出的那个题目:

桃花太红李太白

下联是什么?咱们个个交了白卷,只有一个比较顽皮的同学写着下联是难题难题难难难。

无非是"童年往事偶然听"罢了,原不指望有什么结果,没料到,有一次,一个朋友听了,告诉我下联早已有,而且有三个:

芙蓉如面柳如眉

诗书可诵史可法
梅萼迎雪柳迎春

三个下联是怎么来的？真想不到，有一家小报的副刊以"桃花太红李太白"为题征对，应征的函件很多，经过评选，取了三名。真想不到！那位编辑莫非是咱们同学？莫非他也对老夫子的上联念念不忘，想集合众人的才力完成未竟之业？他心即我心，但不知他人是何人，世事沧桑几度，一切无可究诘。

三个下联是惊人的收获，在我看来个个都好。当年公布在报上的结果有名次，第一名"芙蓉如面柳如眉"，用白居易现成的句子，妙手偶得；第二名"诗书可诵史可法"，取其庄严；"梅萼迎雪柳迎春"，上联是春景，下联是有应景凑数的嫌疑。这是当时评审人的看法，你呢？我总觉得"诗书可诵史可法"有内涵，应该居首，"梅萼迎雪柳迎春"很乐观，"芙蓉如面柳如眉"柔若无骨，撑不起来。你呢？

也许该问问老夫子。该去祭一次黄河。老夫子是跳河自尽的。把三副对联写好了、投入大河之中，应该是有一点儿意义的举动吧?推究起来,老夫子出的这个上联,文章里头还有文章,桃花本来该红,为什么说它"太红"?李花本来该白,为什么说它"太白"?国事蜩螗,世事沧桑,老夫子似乎有郑板桥式的不耐烦。结局不同,板桥成怪,老夫子成仙。说什么留得青山在,血肉之躯怎比南岳北岳。如果这一猜八九不离十,下联不免隔靴搔痒,自说自话,老夫子在泉下不免喟然叹曰:"吾谁与归!"

即使如此,我还是喜欢这三个下联。无论如何,这是我们的一星香火,西有铜山,东有洛钟,不相干,实相连,生生赓续,所谓"断",只是"段"。今天到处有人说还乡,二十年前你说还乡,那还得了,二十年后你闭口不提还乡,反而不得了。乡通心,心通物,眼前事物都有个还乡的角度。依我看,这三个下联可以代表三种还乡的心情。梅萼迎雪柳迎春,迎春要趁早,要不怕冷,等到天气温暖已是初夏了。这是一些人的想法。诗书可诵史可法,于传有之:进步会带来痛苦。可是,于传有之,也可以借口进步制造痛苦。他去观察痛苦,看痛苦是怎样产生的,思索怎样受苦才值得。这是另一些人的想法。还有一些人，心中只有风景名胜，美酒佳肴，冬在窗外，诗书在灰尘中，江山多娇，他只是去享受一个国家。这就是"芙蓉如面柳如眉"的境界了。

老夫子啊老夫子，今日的一切，都不是你能预见的，否则你就不会跳河了。这一切也不是那些疯狂颠倒的人能预见的，否则也不会有人逼你跳河了。那些人无知，可是有知又怎样呢，学问能助人忍受痛苦，究竟能忍受多大的痛苦呢。学问能助人逃避现实，究竟能逃多远呢。学问使人有眼光，究竟应该朝哪个方向看呢。

我们战黄河。我们唱黄河。我们祭黄河，祭我们的夫子。夫子一生崇拜黄河，作了许多诗词咏之叹之礼之赞之。那蘸水可写字、舀水可铸金的黄河，是他惟一的神、最后的出路。那坦然对天、咆哮向人的黄河，动地摇山、夺人神志的黄河，一下子吞没了他，销蚀了他，没给他一个漩涡，没多给他一个浪花，没让他冒上来翻个身向人间告别。河使他无声无色，无形无迹，河对他没有痛惜或愤怒，没有接待或拒绝，河并不记得他是谁，不在乎他的那些诗。夫子啊夫子。他为什么选择了黄河呢，是因为恨这条水还是爱这条水呢。他是表示他对河的悲愤还是表示对河的忠诚呢。

黄河能当得起那么多的歌颂吗,八千里痉挛的肌肉,四百亿立方尺的呕吐。面对上游,河水使我高血压;面对下游,河水使我心脏衰竭。不敢凝眸,不敢合眼,不敢吐痰,不敢吸烟。我为洗脸而来,不敢湿手。这条在三千里平原上随意翻身打滚的河,用老年的皮肤,裹着无数蝼蚁和人命,芦苇和梁柱,珍珠和乱石。狐狸会上山,老鹰会上天,饶不了放不过的是流泪的牛、下跪的羊和缩在母亲翅膀下的雏。那河几番灭省灭县灭人三代九族,使中国人痛苦,无动于衷,不负责任。为什么还要歌颂它,难道只是因为在河套有几块田,难道只是为了在河边喝几碗鱼羹、在龙门拍几张照片。

我想了又想,朝思暮想,再思再想,黄河赞美诗总有道理。道不远人,人同此心。人爱其所有,既然有了,就爱,既然爱,就冠冕堂皇理直气壮,自尊由此维护,自信由此产生。黄河已经存在,万古千秋,天造地设,命中注定。无法填塞,无法更换,无法遗忘,无法否认。黄河是我们民族抱在怀里的孩子,尿床,遗矢,踢被子,还是抱着,抱得更紧。黄河是国土的一部分,愚公移山不搬家,水患不去，拌沙吃饭不去，酷寒不去，盛暑不去，卑湿不去，瘴疠不去。伟哉黄河，竖高了是天柱，铺平了是地维，水里有几具尸体算什么，漂几座屋顶算什么。尸体不是我，我照样歌颂黄河；尸体是我，别人照样歌颂黄河。民族不能全上山。民族不能全投水。黄河黄河，我们骄纵它，修正它，防范它，美化它。我们对黄河赋予价值，再从黄河取得价值。

呜呼夫子，你的上联是五千年文化，下联是万里长河；我的上联是桃花太红李太白，下联是诗书可诵史可法。

天堂

我写了这么多！坦白的说，倒也并非欲罢不能，而是打定主意要写写写，用写来雕刻自己，用写来治疗自己。

我的朋友读了我写出来的这一大堆东西，评语是"多言多败"。他说，如果事先大量缩减，只写五篇，这五篇可传后世；如果放宽尺度，写成十篇，这十篇可传当代；如果不嫌辞费，写成十五篇，这十五篇可传诵于同文之间。现在呢，只图一吐为快，那未必见容于时代和环境的，势将以部分连累全体。

我忽然想到一个故事。人一生说了多少话，死后都要再吞回去。于是，将来你上天堂的时候，可以看见天堂门外有些人据案大嚼，他生前的言语有的腌过了，有的炸过了，有的蜜渍了，有的制成罐头了，他一样一样吃下去，吃得很辛苦。他越吃越瘦，每吃一口身体就缩小一线，因为他吃的就是他自己。到最后一口，他吃光了自己，他消失了，无法走进天堂。

由此想到，当年我们曾经围着一口井打水，把整桶整罐的水提上来，男同学就在井边冲身，女同学就在井旁洗衣，水把井口四周一大片土地湿成泥泞。一个簪着白发裹着小脚的老太太找块干土坐了，数落着："你这些不吃人粮食长大的，造孽哟！少糟蹋一点水吧，这些水，你死后都要喝回去的，会胀死的哟！"

将来你进天堂的时候，会看见那个驾着飞机把河堤炸倒的日本人，坐在天堂门外狂饮。古往今来，他糟蹋的水比谁都多，他得一直喝，一直喝，喝到通体皆黄，变成一座铜人。他也没法子走进天堂。

在我想像中，通往天堂之门的，是一条金光大道，路两旁全是喝水的，食言的，像彼拉多那样洗手的，像某教皇那样掉了钥匙的。他们有的僵立，有的枯坐，有的徘徊，有的无休无止重复操演某一项动作，都不能进入天堂之门。天堂的门并不窄，窄门多半易进，牢门最窄,也只是难以出来。窄门矮户一旦发财做官,定要改换门庭,光大门楣,门加宽加高之后,进去的人就少了。天堂是金阶玉门,高大堂皇,你想,岂能人人进出自如?

当我坐在天堂门外吞吃自己的时候,我想些什么?我是不是应该羡慕住在沙漠里的哑巴?他一滴水也不浪费,一句话也不说。我是不是应该羡慕植物人?他丧失了行为能力,也就不会留下业报。如此这般,老奶奶说狗和猫比人先进天堂,也就不足为怪了。如果天堂是他们的,是哑巴的,是植物人的,是狗和猫的,我又进去做甚?你即使已经在里面,也该出来。

我还需要再吞食那些语言吗,我抓起它们来,向莽莽苍苍投撒,向混混沌沌投撒。边走边撒,天堂在我背后。字,标点,文法,迤逦满地。也许,后之来者踩上去像踩着钢琴的键,地面就吟哦朗诵起来。也许,这些语言沉下去,沉下去,沉到地下,穿透地心,冒出太平洋面,成一只海漂的瓶子。

再告诉你一个故事,这是最后一个故事,也是**最好**的一个故事。

有一个画家，他和一般画家不同，别人画苹果，苹果在画中，他画苹果，真正的苹果就出现在桌子上，也就是说，他请客不必上馆子，也不必下厨房，只要画一桌菜。

他既然具有这般神奇的能力，当然不会寂寞。皇帝听到他的名声，亲自去拜访他，管他叫老师，邀请他出来建设国家。他为皇帝创造了许多东西，他画房屋，皇帝就有了宫殿；他画武士，皇帝就有了陆军；他画美女，皇帝就有了三宫六院；他画监狱，皇帝就有了天罗地网。他又为皇帝画了学校、医院、公园、水坝和粮仓。

皇帝对他十分敬重，可是，——这一类型的故事必定有个可是，否则中国就不会出现庄子了。——有一天，他画出来的那个美女向皇帝进谗，皇帝就派遣他画出来的武士去捉拿他，打算把他关进他画出来的那座监狱。幸而画家事先听到风声，就连忙画了一条河，河里有一条小船，他驾着小船顺流而下，逃走了。

我不愿意说这个画家的原型是范蠡，这个故事的意义并不那么狭小。人，为了不虚此生，要创造，但是他必须能忍受所造之果。我进不了天堂，要忍受，你进得了天堂，也要忍受。

在我的住宅附近本来有一座树林，建筑商看中那地方，来一次斩草除根的大手术。终于，树林变成房子，变成新添的社区。

当树林还是树林的时候，有一双情侣常常来林间散步，女郎的秋大衣上有时沾着带雨的红叶。当树林变房屋的时候，女郎不见了，男孩来做泥水工匠。房屋终于有了门锁，门锁的钥匙终于有了主人，男孩也不见了。

几年以后，男孩又来了，带着半脸胡子茬，以依恋的眼神，把窗棂当做林叶的空隙，把灯光当做星光。

他在这新添的社区里兜了几个圈子。他说，他这几年到处盖房子，盖了许多许多新房子。在建造期间，他穿房越户，爱到哪里就到哪里，可是，一旦房屋落成，他就再也不能走进墙里一步了。

这是一个建筑工人讲的话吗？这像是一个失恋的人讲的话。

但是，尘埃已经落地了，合同已经结束了，工程已经完成了，你还想怎样呢？你盖的房子越多，你能散步的地方越少,不是很自然吗。

他只能望着窗子里面柔和的灯光,祝福每一个家庭安居乐业。

这,也该是你我追求的境界。

小 结

天国好比两个人在一块儿练琴,这两个人后来分手,一个住在东半球,一个住在西半球,中间隔着地心不相往来。

他们仍然天天练琴,只是彼此听不见对方的琴音。他们各有各的师承,各有各的曲谱,后来,各有各的成就。

多年之后他们重逢,彼此都还认得对方手中的琴,但是不认识琴中流泻出来的音乐。各人沉浸在自己的艺术里,当年合奏共鸣的经验是比春梦更遥远了。

未免遗憾。仔细回想一下,当年的练习曲里倒也有一支两支古典小品,不论在东半球还是西半球,人们都知道它的名字,都熟悉它的旋律。两个琴手虽然已经多年不再练习这一支曲子,但是少年的玫瑰总会深藏在中老年人的灵魂里,永不凋谢。

于是,他们以尝试以学习的态度,兢兢业业的合奏这支曲子……

* * *

天国好比两个酿酒的工人,共同酿造某种名牌美酒。这两个人的酒量都不错,自许是世间最懂得饮酒乐趣的人。

后来,这两个人分开了,一个住在北半球,一个住在南半球,中间隔着地轴不相往来。

他们没有放弃自己的专业,只是不能再共同使用同一块田地里收成的葡萄,同一座山泉里流出来的水,他们酿出来的酒,色香味都迥乎不同了。

后来,两个人都思念对方,约期相见,各人都带着自己酿造的酒。他们跋山涉水万里迢迢这才面对面隔着一张桌子坐下来。

他们互相敬酒,怀着极大的热诚,也难免有几分自夸。其中比较年轻的一个,端起对方斟满了的酒杯,一饮而尽,可是他马上又把酒吐出来。

他问:这是你酿造的酒吗?这样的酒能喝吗?

年老的那一个工人愕然，随即知道他应该审慎，他把自己面前的一杯酒端起来，仔细看了，用鼻尖和舌尖接触一下。

他想：这是你酿造的酒吗？这样的酒怎么能喝？

两个人都愤怒。还是年长的一个有智慧，他指一指自己面前的酒杯："这是你每天都喝的酒，既然你能喝，我也应该能喝。"他又指一指对方面前的杯："那是我每天都喝的酒，既然我能喝，你也应该能喝。"

他说："我们造酒，用的是同一块大地生长出来的葡萄，是同一块天空降下的雨露，水能变酒是依循同一位上帝制订的自然律。结果，酒总归是酒。"

他端起酒杯轻轻呷了一口："来，不要心急，先喝一小口，很小很小的一口。……"

* * *

也许天国是一个结，用很粗的绳索依着诡异的路数层层叠叠反复穿引而成的庞然大结。

绳索太粗，缠得太紧，结太大太重，再加上年代久远，要想解开就难了。许多人都说你只有把它交给亚历山大大帝,由他一剑劈开。

有一个人不同意,他说,为什么要这样粗鲁呢,甚至,为什么一定要把它解开呢。

他把这个结扛在背上,流着汗,来到一个地方,走进一间屋子。屋子里四面墙漆着四种不同的颜色,天花板中央垂着一只挂钩。

他把绳结吊在屋子中央。这个千迂万回、千叠万盘、千凸万凹的东西像雕成的,像铸成的。从东面看,衬着红色的墙壁,它像一颗英雄的头颅;从西面看,衬着蓝色的墙壁,它像是大海中刚刚吊起来的锚;从南面看,衬着绿色的墙壁,它像一串成熟了的葡萄。北面的墙壁是灰色的,好像在洞穴里有一条蛰伏的龙或自恋的巨蟒。

绳结在这里公开展览。观者像潮水涌入,他们来到这里就像走进博物馆,想用手碰一碰它都不行。

就这样,它吊在那里任人观赏,任人来看先民的巧与拙、智与愚。任人微笑或嗟叹,任人恍然大悟或迷惑不已。

* * *

听我说,我要来,带着我的琴来。

我要来,带着我的酒来。

你也拿出你的琴,我们调音和弦,你奏我熟悉的曲子,我奏你熟悉的曲子,然后我们合奏,心中只有音乐,忘记你我。

你也拿出你的酒,我们洗盏更酌,你尝我的酒,我尝你的酒,我们调出一种鸡尾酒来,由浅斟步入微醺。

然后我们合谱新曲。我们合酿新酒。两个圆叠合。两个谜底互换。西风东风合起来向南吹。

据说,每一块大理石里面都坐着一尊雕像。那么为何岩石风化以后只见沙粒呢?聚沙成滩,滩上插满蕈状的五色伞,供人休息和遐想。他们不信这里曾经是一片桑田。

来,带着琴,带着酒,去寻洁净的海滩。

* * *

或者去寻一条河。

我宁愿人生是一条河,不愿意它是一个湖。湖总是沉淀、腐败、再沉淀、再腐败。湖以本能储藏一切的衰朽、枯萎、污秽,使自己中毒。

而河水是一直流着的,从源头流下来的永远是新鲜的活水。落花,趁着还鲜美的时候,河水就把它送走了。落叶,趁着还古雅的时候,河水就把它送走了。在河面上,从水鸟身上掉下来的羽毛还不失凌波仙子的神韵,某种人造的污秽还呈现着水墨画的趣味。牛溲马勃,过眼成空,而天光云影,万古如镜。

愿生命是一条河,是河中的微波,不停滞,不回顾,偶然有漩涡,终归于万里清流。

亲爱的,愿你也在这段话后面签字,和我一同签字。

附录

不愧是一位散文家

子　敏

本书获得第十一届时报文学奖评审委员决审意见

散文是我们写作、谈话的一般表达方式。各民族都有自己的"书面语",那就是他们的散文。

对我国现代文学作观察,我们不只是在小说、戏本、杂文、小品、新闻报道中见到散文,甚至在诗中也见到散文。诗跟散文稍稍不同的,是诗人在气质上擅长运用暗示和形象化的语言,以及诗的基本形式——分行。

散文的先天性质是"坦率",追求的是简洁明白。也因为这样,活泼流畅成为人人喜爱的散文美质。散文的四大功能是:叙述、描写、说明、议论。散文作者在写作的时候,往往不自觉的交互运用这四大功能。一位堂堂的散文大家,对这四大文学功能的运用都要有独到之处。

把散文的含义,局限在传达作者美感经验的"美文",或者局限在抒写作者胸中情怀的"抒情文",不是十分必要。擅长说明或擅长议论,也是值得珍惜的散文成就。散文的多向发展,值得我们关怀。

王鼎钧先生的散文,呈现出来的面貌是一个"广"字。集合他从一九六三年以来所写的全部散文作品三十二册,正好可以用来为散文下一个比较妥帖的定义。对王鼎钧,我们不能仅仅称他为一位美文作家、一位抒情文作家,我们不能不承认,他是一位各方面都表现得相当出色的散文作家,杰出的美文作家值得敬爱,杰出的抒情文作家值得敬爱。不是单项,而是项项都表现得十分杰出的王鼎钧,也值得我们敬爱,不必额外再加个"更"字。

王鼎钧的散文,有扎实的根基。在根基扎实方面,他甚至有足够的实力跟中学生谈作文。在想像的双翼张开的时候,他也可以写《离骚》。写美文的时候,你可以读到他释放文字魅力的技巧。抒情的时候,他像诗人一样以"暗示"代替"明示"。他的叙述技巧是迷人的,描写的时候娴熟的运用形象语言。他的议论，周密而耐人深思。他的幽默，另具一型：令人开心同时也令人心惊。

文学里一个最大的矛盾是：流畅来自苦思。王鼎钧不怕花时间苦思，他落笔之前必先有一番斟酌推敲，因此不自觉或自觉的在散文中经营出一种独特的节奏感，为朗诵家所喜爱。他的作品中洋溢着人生阅历凝成的智慧，言语间常含令人难以忘怀的哲理，给人"思力沉厚"的印象。

十九世纪英国作家斯蒂文逊（R. L. Stevenson）曾被誉为"作家中的作家"。这并不是说他超越了当代的一切作家。在文学世界里，只有各具特色的作家，并没有超越一切作家的作家。那句话的意思，是斯蒂文逊很能恪尽作家的本分，对用字、遣词、造句格外用心，不掉以轻心。读王鼎钧的散文，最能发现他在这方面的认真不苟。

王鼎钧这次受推荐角逐散文推荐奖的作品是抒情散文集《左心房漩涡》。这不是文集中的一个篇名，而是纯粹的书名。漩涡指心的挣扎，心的翻搅。他长久旅居美国，身在"番邦"，心系中国。他一时想念童年在大陆的老家，一时想念成年后在台湾结交的老友。人心深处有左心房、右心房。他把对大陆故乡故人的怀念喻为左心房的漩涡，期待来年把他为怀念台湾师友而写的散文编为散文集《右心房漩涡》。浓浓乡情，提起来也重，放下去也重，但是他仍然不忘以形象化的语言为他的集子命名。

《左心房漩涡》里，抒情的笔是桨，划过了由一页流过一页的似水乡情。精炼的语言里流露了人类脆弱的感情。苦思有得的构句，形成一种节奏，行军似的引出曾经密密封闭的豪气。这只是王鼎钧多种散文丰姿的一面。

想到他议论风生时，想到他也曾经是"写下格言的汉子"，我们忍不住要说，他真不愧是一位散文家。

磨剑石上画兰花

——访第二届联副"每月人物"王鼎钧先生

赵卫民

去国多年的散文家王鼎钧经四十位作家票选之后,成为联副第二届的"每月人物"。

听到这项消息,一向和蔼谦冲的他,在电话中的语调仍然沉稳平静。在听过几个我试拟的访谈问题以后,他说:"给我一些时间。"没想他保持创作上惜墨如金的一贯要求,对于发表谈话,竟也惜语如金。于是我们约定了再过十二小时联络。

在这些时间里他究竟能思考些什么呢?语言、文字或原是孪生,在一段沉默和审慎里,心思、意念逐渐孕育成充满智慧的话语。

在十二小时之后,我听到那"静默中的声音"。

他首先叙述了得奖的感想。"我觉得这是一次难以忘记的鼓励,这是流汗工作的人底一阵清凉的风。我觉得最能勉励作家的,还是他的同行,尤其是同辈中的佼佼者。谢谢联合报,谢谢选举人。"

易经谦卦是地中有山。我们听到前辈的谦虚,是来自大地般的平广博厚,是心怀远峰的知所敬畏,对周遭的关爱充满无尽的谢意。山在地中,不自高以炫人,纵下得工夫深,风格也总是朴实。这是一种风范。

严肃与通俗

王鼎钧的书,多年来畅销不辍,支持他的,除了同行,应该还有广大的读者群。从早期谈人生,谈文学的书,多充满生活经验层面的启示,到后期回忆早年流亡学生时期生活的艺术散文,他的文章虽具有可读性但绝不是通俗文学,也没有"学院派"的味道,这些作品是如此贴近人生,应该是属于周作人所说的"人的文学"。

对此,王鼎钧说:"对我自己的作品,不敢使用严肃或通俗这样的字眼。我的写作秉持一个信念:'要给读者娱乐,给读者知识,给读者教训。'这些话说来似平淡无奇,像'教训'这样的字眼也易引起读者反感,其实这话并没有什么错。我希望读者读到我的作品,能多了解些人情世故,读完之后,多了一些智慧。"

难怪我们那么强烈的感觉他是一位生活中的作家,他的作品就是人生最澄澈的观照,一些人生哲理如寒冬时的暖阳,丝丝移照入门窗,我们的眼睛里也有了暖意。

关于灵感

对他这样创作力丰沛的作家,我们总充满好奇,他写作的灵感来自何处。

王鼎钧读过一本书,是一位美国工业教育家写的,该书作者建议从事工业设计、发明的人写作,说写作可以对工业发明有益处,因为写作的灵感就是工业发明的灵感。这位工业教育家列出了一些如何使工业发明得到灵感的方式。当时王鼎钧就想,难道不可以反过来借用这些工业发明得到灵感的方式,来刺激写作的灵感吗?如何寻找灵感,就此成了一本书。

由于一本书的启发,意念转相孳乳,就启动了创作的马达。其实，有些早年的生活经验，一些困顿流离的情境，早在心中酝酿，就像青年时的流亡经验，一直到旅居美国后，感受到新的刺激，而在平静中开始回忆缕述，才剖露了深埋的矿脉。

作家当然要认真学习，尤其要认真去生活。

文学与文化

谈到文学与文化各层面的相对应关系，王鼎钧简洁的话语里自有一种雄辩。

他由身边的事物开始来举譬说明。"最近请朋友刻了个图章：观剑画兰。前句是看见宝剑，精光闪闪，心里留下深刻的印象。等回到家里，摸摸脑袋，还在，想要画出来，结果画出来的是兰花。兰有剑气，不能伤人。画兰如果画得好，画就进了故宫，也可能盖了乾隆玉玺，这就尽够了。"短而精彩的譬喻里，才思毕露，包含多端，实在不宜以一义限之。然而从现实生活经验，转换到艺术的审美经验，这是一种升华的感受，本质是无邪的，是一个丰富自足的领域，其实与政治何关。

进一步，他说："文学是文化中的一种平衡。历史写大人物,文学写小人物。宣传偏重光明面,文学也要顾到表现阴暗面。我觉得这是一种平衡。作家效法自然,而自然就是平衡的。平衡就好,不平衡就不好!"

若就自然是一机体而论,仿佛具有美感、和谐与均衡。文学就具有一种灵活剂的性质,让人际有灵活互动的交往,增添善意。也在社会与历史中达到动态平衡的效用,使各不滞于一偏。如果继续推论下去,作家也该以达到平衡的人格为目标吧!

余　音

对文学作品,文学批评家安诺德曾说:"时间是最好的试金石。"而曾以"人生试金石"为书名的王鼎钧,深知作家的生命原来自对写作无限的关注,持续的关注。时间是最好的试金石,因为时间里有秘密的酝酿,一切总在时间中成熟,时间会散发出酒香。

"在国外久了,对创作是有害的。家乡如保护区,美国好像战区,刚开始对写作有点新的刺激和助益。但作家离不开语言和文化环境,离开久了,就念不出咒来。"这是否意味着他已想扯起归帆,乡愁该也是灵感的酵母啊。我们怀念你,鼎钧先生!

　　　　　——原载1989年7月31日《联合副刊》

《左心房漩涡》读后

袁慕直

我写这篇文章只因为看见一句话。鼎钧兄因《左心房漩涡》得奖，应报社之嘱写了一段得奖感言，其中有句话说"这本书从头到尾是一篇文章。"《左心房漩涡》计三十三篇，分四部分，体例很像一本散文集，其实不是。在得奖感言发表之前我就认为不是，如今有了鼎钧兄的夫子自道，我不免要跃跃欲试强作解人。

如所周知，现代的诗、小说乃至电影，爱用"意象切断"的手法。作家写作时，第一个意象引发第二个意象，第二个意象引发第三个第四个意象，相因相生，自有脉络。"意象切断"是在写出第一个意象之后紧接着写第三个或第四个意象，把顺序第二第三意象抽掉，以致因不连续而产生跳跃的节奏与惊愕的效果，文字的密度增加，作品的创意鲜明。这种写法在中国虽然古已有之，却是自六十年代以后经现代作家刻意运用发扬光大了。鼎钧兄受其影响，理有固然。

小处着眼，先论章句，《左心房漩涡》在"顺理成章"的一阵子"流水"之后，往往忽然急管繁弦，天花乱落，以分篇发表时相当轰动的"我们的功课是化学"来说，一路写来水穷云起，然而——

> 听我说，我来渡你，一如你昔曾渡我。我没有直升机，我有舢板，只要你不怕弄湿鞋子。你不能等大禹杀了仪狄再戒酒。达摩渡江也得有一根芦苇，马戏团的小丑从胸前掏出心来，当众扯碎，他撕的到底是一张纸。走过来吧，踢开纸屑，处处是上游的下游，下游的上游，浪花生灭，一线横切。江不留水，水不留影，影不留年，逝者如斯。舢板沉了就化海鸥，前生如蝉之蜕，哪还有工夫衔石断流。

写得漂亮！看全篇，这一段文字跟"我们的功课是化学"整篇的题旨是相合的，看局部，这一段文字以舢板始，以舢板终，更可以看出作者的经营。说到经营，"舢板"和"戒酒"是什么关系？"达摩"和"小丑"又是什么关系？"踢开纸屑"和"弄湿鞋子"也应该息息相关吧？可以断言"舢板"和"戒酒"之间、"达摩"和"小丑"之间有被切掉的印象。

意象虽被切断，文章仍然完整，这要靠：第一，文字以催眠般的魔力，使某些读者"不求甚解，欣然忘食"；第二，意象的不连续启发了某些读者的创造力，使他们产生意象予以补足。大体说来，"不求甚解，欣然忘食"的能力和"吐云出岫使数峰相连"的能力，是现代读者的基本修养。

我们可以用同样的眼力来观察《左心房漩涡》的各篇之间。例如"年关"、"园艺"、"夜行"都斩断外缘，向内凝聚，各篇自给自足，自成宇宙，你可以说它们彼此之间毫不相干，一如通行的散文集中的断简零篇。可是，它们真的没有关系吗？

"年关"写的是"人不能乘光速与逝者同行，只有与来者同在。"

…………

"园艺"写的是"上帝在天上,地上发生的一切都是合理的。"

…………

"夜行"写的是"死亡本是解脱,所以鬼应该但问来世不计前生。"

三文题材平淡,但角度奇特,所以写成奇文。文与文之间显然也省略了许多,我用删节号表示下有伏脉、上有连云,如果我们在想像中予以填补,岂不就是一篇较长的文章?

上举的删节号在全书三十三篇之间处处存在。不仅此也,全书把三十三篇散文区分为四部,亦仿佛交响乐的四个乐章。例如"年关"等三文在第四部分之首,"我们的功课是化学"居第三部分之尾,作者在"化学"中说:

> 化!化种种不公平,不调和,化种种不合天意,不合人意,化百苦千痛,千奇百怪。和尚为此一生打坐,把自己坐成吞食禁果以前的亚当。化!化癌化瘤化结石化血栓,水不留影逝者如斯。

这是"呼",第四部分是"应";这是"转",第四部分乃是"合"。

书中四部各有名称,第一部分"大气游虹",第二部分"世事恍惚",第三部分"江流石转",第四部分"万木有声"。我认为这四部其实就是起承转合,第三部分的标题"江流石转"已泄漏了一个"转"字。

以上是论章法。以言内容,第一部分写的是一个人去国怀乡的苦思,可名之为"忆"。第二部分写此人向祖国故土写信寻人迫切期待的心情,可名之为"寻","寻"乃是"忆"的一种安慰寄托,由"大"落实为"小"。第三部分写此人在四十年天翻地覆之后居然找到了他要找的人,悲喜之余胸怀一宽,脱出第一部分如怨如慕的调子。他再三劝勉那些劫后余生同时也教育了自己,可名之曰"悟"。最后,那几个存活人间的亲友像"舢板"一样,把他的思维引回祖国故土,由"小"再升高变大。

在本书第一部分,这人明显的丧失了对"人"的信心。他对身经"文革"之乱的"你"如是说:

在那"史无前例"的年代,我们如何逃于天地之间呢?如果我贴了你的大字报呢?如果你把我的信托我的倾诉都写成"材料"呢?如果我成了你的隐疾、你成了我的罪愆呢?如果我们必须互相残杀以供高踞看台上的人欣赏呢?如果"在榆树下,你出卖了我,我出卖了你"呢?……如果人人弃仁绝义,我们何福何慧、可以如终如始?如果事事腐心蚀骨,我们何德何能、可以不残不毁?

这是由对别人失望发展为对自己失望。然后,他说:

我无意向你夸耀我是如何幸运,我听见的声音也并不全是摇篮曲和圣诞快乐。我有我自己个人的"浩劫"。《圣经》上记载境界:"心思像孩子,意念像孩子,面貌像孩子",我只有羡慕,或者怀疑。飞蛾虽有千眼,总是见光而不见火。今生如此,来生如此,……

这是由过去对人失望发展为将来对人也失望。在第

一部分里,痛抒对人对己对家对国的深刻的失望,在现代散文中堪称特例。

然后,经过第二部分的"寻",在第三部逐渐从事人格的重建,这一部分的最末两篇"给我更多的人看"、"我们的功课是化学",不愧为现代散文中的醒世恒言,这本辞充气沛,大开大合的散文至此发挥到顶点,予人血性淋漓之感,试看下面这段话如何裂石截流洗净肝肠:

> 人终须与人面对。人总要与人摩肩接踵。人终须肯定别人并且被别人肯定。……世人以芝兰比子孙,但他们宁要子孙不要草。世人以鹡鸰比兄弟,但他们宁要兄弟不要鸟。永远永远不要对人绝望,星星对天体绝望才变成陨星,一颗陨星不会比一颗行星更有价值。……

恢复了对人的信心,也就重建了自我。重建了自我,也就发展出对祖国故土的关怀:

> 我来替年轻的一代看相,走遍大江南北、大河

上下、大漠内外，看他们之中多少人有福有慧，多少人有守有为，多少人能够虽强不暴，虽贫不贱，看他们之中长寿的是不是人瑞，短命的是不是天才。看他们将来的大苦大乐，大成大毁，大破大立，大寒大暑，大梦大觉。我来看中国的前途，中国的前途在他们是何等人，不在大坝大桥大楼大厂。

《左心房漩涡》是这样一个人的心路历程。我称之为"这样一个人"，因为我并不认为书中的"我"就是该书的作者。依我看来，在这里也像在许多小说里一样，"我"，是火熔模铸的一个典型。作者当然以自己的生活经验为底本，但我认为作者在下笔时心里总悬着某种人物，这一类人在外国在台湾在香港都有一些，在全体中国人之中他们是很少的少数。《左心房漩涡》并不因为他们人数太少而视为渺不足道，他为这些人写了一本共同的传记。流经左心房的血液是新鲜的血液，是有氧的血液，"压伤的芦苇，他不折断；将残的灯火，他不吹灭"，此左心房之所以为左心房！

文学作品可以写成功的人，也可以写失败的人，可以写人多势众，也可以写势单力孤。如果散文中的"我"可以少到专属一人，当然也可以"少"到指涉一小群人。"人少"不是问题，"新丰折臂翁"只写一个乡下老头子。如所周知，"新丰折臂翁"完成之后，这首诗就跟那个老头儿脱离了关系，那老头儿是一个钟槌，它把钟撞响了，钟声震动草木，贯通幽明，惊飞鸟而遏行云，都没有钟槌的份儿。《左心房漩涡》中的"我"，不管是一个人还是一群人，都该只是钟槌。我们注意的是钟声。所谓"一篇文章"，应是钟声浑然。

《左心房漩涡》在这方面有明显的企图。首先，它的时代背景虽然伟大激烈，但时间地点和事件都很模糊，它无意传述世局的变革，譬如摄影，把复杂的线条略去，前景特别凸出。复次，站在舞台口的"我"，以及我向之絮絮诉说的"你"，完全采取写意的手法，传神便佳，形似无需，使作者的笔墨和读者的注意都为了另一目标而集中，那就是心灵。还有，这些散文在写实的严谨和浪漫的激情之中布满空灵玄妙的隐喻，有一部分隐喻达到了高级象征的境地，可以令众生"随缘得解"。在此种种都是为了努力摆脱钟槌。

在这本书里，作者希望悠扬远播的是什么呢？他希望"忘筌"的读者得到什么样的"鱼"呢？在我看来，是漂流海外的中国人对祖国故土的爱，简括言之，就是爱国心。这爱，有时以"怨"的口吻表现出来，有时以"慕"的方式表现出来，有时它就是火，有时它简直是一种痼疾。决绝的口吻还出自迷恋的情结。怨有怨的缘故，慕有慕的起因，火有燃料，痼疾有细菌，"感于物"者不一，"动于中"者无殊。生生不已的意象往往辐射到遥远，仍然围绕着中心的能源。

浪子游子孽子对祖国故土的热爱挚爱疼爱应是一个永恒的主题，不为尧存，不为桀亡。在"五风十雨皆为瑞"的年代，以"万紫千红总是春"的心情对待国土国人国运国魂，并非文学最好的题材。人的真性至情非大险大难大悲大故不能激发出来。不失赤子之心的作家若是当此无可如何之境，得天独厚（或独薄），始可表现人类的爱国心到底有多高多深。忧患之言难免不纯，斤斤计较爱国心的纯度，至少从文学的角度看来殊无必要。

在这本书里，爱国和自我的重建是在同一轨道上演进的。爱国当然需要健全的人格。民为邦本，国者人之积，爱国必先爱人。在这本书里，"人"一度是虚无缥缈的游丝，后来是格物致知的灵长，家国情怀一度似是精神病患者的呢喃，后来是清明在躬的省思。两者几乎是同步的。书中有一个"我"，还有一个"你"，这个"你"又是什么人？有待考证也无须考证。不妨说，"你"就是祖国故土，"我"是对着国土国人国运国魂细诉衷肠。纵有绵绵情话，亦可作香草美人观之。"拟人"虽是修辞常例，此处未必等闲，书中明白指出，"我"轻自然而重人文，江山多娇，英雄折腰，但仁人志士心目中第一顺位仍是凡我族类，甚至芸芸众生——我说过，我打算在这里强作解人。

《左心房漩涡》究竟有没有价值和生命，要看在这方面的惨淡经营有多大成就，也就是说，是否像钟声一样脱离钟槌。除了我个人的欣赏肯定，当然须要更多的法眼评鉴和更长的时间考验。如果此书在艺术上屹立，那就是全体中国人的精神财富，国风国魂之一部分，任何地域任何时代基于任何原因而有信念幻灭症者皆可以此书为镜鉴为药石。鼎钧兄阅尽江河，搜尽奇峰，琢磨锻炼，颇苦用心，似有以待知音。

最后我想一谈这一系列散文的风格。这得分作两个层次看,即乐器的层次和乐章的层次,或者称为战术的层次和战略的层次。在低层次上,我们寻章摘句,发现风格变化甚为多样,有时极严整,例如咏叹黄土:

你还不可以埋葬我,……我还想堆你成山,塑你成像,烧你成器。我还想化合成金,分解你成空,朦胧你成诗。

有时极错落,例如:

我一旦回到故乡,会恍然觉得当年从楼顶跳下来,落地变成了老翁。真快,真简单,真干净!种种成长的痛苦,萎缩的痛苦,种种期许种种幻灭,生命中那些长跑长考长歌长年煎熬长夜痛哭,根本没有时间也没有机会发生。

有时极隐晦,例如:

历史有时写秦篆，有时写狂草，洞明世事练达人情就是两种字体都认得。

有时极明晰，例如：

人，一生的精力多半用来改正自己所犯的错误。

有时极沉郁，例如面对黄河：

那蘸水可写字、舀水可铸金的黄河，……那坦然对天、咆哮向人的黄河，动地摇山、夺人神志的黄河，……八千里痉挛的肌肉，四百亿立方尺的呕吐。面对上游，河水使我高血压，面对下游，河水使我心脏衰竭。……

有时甚诙谐，例如：

谦受益，谦受气，谦受累，谦受罪？

有时古雅：

> 这是感觉，并非事实。事实在海关人员眼中，在护照上。事实是访旧半为鬼，笑问客从何处来。但是人有时追求感觉忘记事实，感觉误我，衣带渐宽终不悔。

有时俚俗：

> 十里不同风，百里不同俗，但是我们有同样的冬天。关好窗户吧，一块儿度过：一九二九不出手，三九四九凌上走，五九六九冻死狗。七九河开，八九燕来，九九耕牛满地走。

此外，有时犀利，有时敦厚，有时空灵，有时平实，有时纤巧，有时朴拙，不能一一尽引。这是乐器的层次，也就是好比一个乐团有各种音质音色不同的乐器。异声合奏，存小异而求大同，在乐章中统一于一种风格之下。古人谈风格多用比喻，郑板桥有两句话，说是写文章要写得像三秋树，作诗要作得像二月花。树到三秋，黄叶落尽，枯枝先折，线条疏朗遒劲，可以透视晴空，寒风鸣条，别有天籁。这正是《左心房漩涡》的情味。这是乐章的层次。目前创作的大势去向，虽散文也以二月花为贵，本书暮年萧瑟，自名漩涡，拟作者解释正是并非主流。题材如是，风格亦如是，表里合一。

昔人论曲，对风格有更详细的对比：南曲如抽丝，北曲如抡枪，南曲如六朝，北曲如汉魏，南曲如美人淡妆素服，文士羽扇纶巾，北曲如老僧世情物价，老农晴雨桑麻，南曲如柳颤花摇，珠落玉盘，北曲如水落石出，金戈铁马。《左心房漩涡》的风格正是北曲一路，老僧老农阅尽炎凉话到沧桑，心有禅悟目无铅华，水落石出正是秋色，金戈铁马正是秋声。北曲之坚重精紧，干净老成，本书在在足以当之。

至于"抡枪"一喻，笔者不禁感到：今日散文皆有别裁，像赤壁赋，祭十二郎文那样的传统似已中断，归去来辞和吊古战场文（如果也可以当做散文看待的话）亦成绝响。散文与小说、诗鼎足而三，非仅弱质闲情，我们非常需要投入生命释放血性的散文，非常需要大悲悯大观照大起大落的散文,非常需要气势浩荡,"青山遮不住,毕竟东流去"的散文。生命激荡,心房澎湃,天机转化,超乎象外,左心房漩涡岂止"漩涡"而已!我说这话你可相信?

本书暨本书作者荣获

1988 年台湾地区

  优良图书金鼎奖

  图书著作金鼎奖

《中国时报》文学奖

  散文推荐奖

  吴鲁芹散文奖

金石堂书店 1988 年

  "十本最具影响力的书"

联合报副刊

  "质的排行榜"

  第二届联副"每月人物"

联合文学

  "1988 年度九本文学好书"

本书获得第十一届
时报文学奖评审会发布得奖消息

　　王鼎钧散文集《左心房漩涡》,在第一次投票即被五位决审委员同时圈选为第一名,毫无疑义获得今年的散文推荐奖。以五票获奖,在过去的推荐奖票选过程中,是极少有的。

　　决审委员一致认为:王鼎钧自来便是一位在文字、文体上用力极深的作家,作品自成一格,早年的《人生试金石》、《开放的人生》等就早已脍炙人口。这次被推荐的《左心房漩涡》,为其最新的散文集,全书以中国为主旨,描述他四十年来,离乡漂泊,种种人生际遇的酸楚,以"小我"的个人经验,反映了全体中华儿女的情境。那份自始至终心怀中国的民族情怀,以及透露出的时代委屈,让每一个中国人读了为之凄然动容。

王鼎钧以其深厚的国学根底,加上他对现代文学的用心琢磨,故行文之际大开大合;文字脱胎于传统古典,却不落入陈腔滥调,虽屡生变化,却又无时下华而不实之通病,其锻字炼句的功力,观之今日鲜有匹敌。再者,其笔调快速、锐利,融合悲怆与幽默,自有其节奏鲜明之韵律;如此淳熟之文笔,看似繁复华丽,却又自然的显现出流离的不安经验,与岁月磨炼的人生智慧,足以杜甫的"思虑沉厚"一辞赞之。

王鼎钧作品系列（第一辑）

碎琉璃（自传体散文）

这部散文集以温柔的口吻，娓娓叙说故乡的亲人、师友以及少年经历，自传色彩浓郁。

蔡文甫先生在 1978 年出版的《碎琉璃》的序文中说："我相信在鼎钧兄已有的创作里面，《碎琉璃》是真正的文学作品；他如果有志于名山事业，《碎琉璃》是能够传下去的一本。世事沧桑，文心千古，琉璃易碎，艺事不朽。"

山里山外（自传体小说）

初版于 1984 年，是《碎琉璃》姊妹篇，关于抗日流亡学生的自传体小说。

描绘抗战时期流亡学生的旅程：走过大江南北，人生百态，山川悠远，风俗醇美；呈现大时代之中一个流亡学生的感怀、梦想和抱负。

左心房漩涡（散文集）

这本书写的是乡愁。集中书写了乡愁这"一个复杂而美丽的结"，全书四部三十三篇，皆用"我"对"你"的呼唤、寻觅、对话写成，包含着"后世"对"前生"的呼唤、游子对故土的寻觅、"东半球"和"西半球"的对话……

1988 年这部散文集出版之后，即被评为台湾当年"十本最有影响力的书"，并获得《中国时报》文学奖。

千手捕蝶（散文集）

初版于 1999 年。

作者的一部极富禅意的寓言式散文集，六十余篇小品式的哲理文字耐人寻味，是一部愈读愈耐读的书。

生活·读书·新知三联书店刊行

昨天的云（回忆录四部曲之一）

这是四部曲的第一部，出版于1992年，写故乡、家庭和抗战初期的遭遇。作者对家乡的风土人情、历史掌故及种地劳作信手拈来；同时将个体的遭遇置于宏大的社会背景中，以小见大，在朴素无华中显示出一种深度和力量。

怒目少年（回忆录四部曲之二）

初版于1995年，记录了作者1942年至1945年作为流亡学生辗转阜阳、宛西、陕西汉阳等地的逃难经历。

在这一场颠沛流离中，作者作为一颗小小的棋子，见证了一个普通中国人的命运。虽有血泪炮火，却也有人情之美；虽则苦难尝尽，却也有活泼泼的生命展开。生动的细节之下，是历史的烽烟和家国之痛，也是个体的经验和成长。

关山夺路（回忆录四部曲之三）

出版于2005年，作者以个人化的叙述视角，生动细腻地描述了国共内战期间各色生民遭遇，更以实际的体会和细致的观察揭示了国民党败退和共产党胜利背后的种种因由，具有十分珍贵的史料价值。

文学江湖（回忆录四部曲之四）

2009年出版，王鼎钧写他在台湾看到了什么，学到了什么和付出了什么。

作者记录、反省在台生活的三十年岁月（1949—1978）；从中既可窥见这三十年世事人情和时代潮流的演变，也能感受作者对国家命运、历史教训的独立思考，是一份极具历史和人文价值的个人总结。

Simplified Chinese Copyright©2013 by SDX Joint Publishing Co.Ltd.
All Rights Reserved.

本作品中文简体版权由生活·读书·新知三联书店所有。
未经许可,不得翻印。

图书在版编目(CIP)数据

左心房漩涡 / 王鼎钧著. — 北京:
生活·读书·新知三联书店, 2013.6(2023.8重印)
(王鼎钧作品系列)
ISBN 978-7-108-04287-3

Ⅰ. ①左… Ⅱ. ①王… Ⅲ. ①散文集 – 中国 – 当代 Ⅳ. ①I267

中国版本图书馆CIP数据核字(2012)第242612号

责任编辑	饶淑荣 舒 炜
装帧设计	张 红 朱丽娜
责任印制	董 欢
出版发行	生活·讀書·新知 三联书店
	北京市东城区美术馆东街22号
邮 编	100010
经 销	新华书店
印 刷	北京隆昌伟业印刷有限公司
版 次	2013年6月北京第1版
	2023年8月北京第4次印刷
开 本	787毫米×1092毫米 1/32 印张 8.625
印 数	18,001—24,000册
定 价	39.00元